johano
strasser

die schönste zeit des lebens

1

WOFÜR ICH mich interessiere?
Ihre Stimme ist leise und eindringlich; von ihrem Sessel aus scheint sie, den Kopf leicht zur Seite gelegt, ihren Worten hinterherzuhorchen.
Für alles, sagt sie dann, sagt es so heiter, als wären damit alle Fragen beantwortet, alle Probleme gelöst. Aber als er darauf lange nichts erwidert, weil er ganz damit beschäftigt ist, zu entziffern, was auf den vergilbten und abgegriffenen Buchrücken steht, vielleicht auch, weil ihn ihre Antwort erst recht ratlos gemacht hat, da fügt sie, als handelte es sich um eine eigentlich überflüssige Erläuterung, doch noch hinzu: Vor allem für die Liebe.

Er wirft den Kopf herum. Wie ein Schreck sind ihm ihre Worte in die Glieder gefahren. Sein Atem stockt, er zwingt sich, die Luft, die er in einem kurzen, erschreckten Atemzug eingesogen hat und die sich nun in seiner Lunge staut, ganz langsam durch den halb geöffneten Mund auszulassen.
Vor allem für die Liebe …
Er fühlt, wie ihm vom Hals her die Röte in die Wangen steigt. Als hätte er sich, seit sie ihm vor wenigen Minuten die Wohnungstür öffnete und ihm mit kleinen, tastenden Schritten in dieses altmodisch plüschige Wohnzimmer voranging, in einen schüchternen Knaben zurückverwandelt.

Ein Wort wie eine Wunde, wie ein falsches Versprechen: Liebe …
Oder wie ein kleiner Vogel mit gebrochenem Flügel. Der weiße Sand unter den Füßen fein wie Mehl, bei jedem Schritt quillt er zwischen den Zehen hindurch, das Heidekraut den Hügel hinauf, die roten Föhren, der fächelnde Wind, der Duft des Harzes … Warum schnürte ihm die Stille die Kehle zu? Der Vogel in seiner Hand, er spürte, wie das kleine Herz klopfte, wild und voll Angst, er sah, wie er den Kopf zur Seite legte, einen Moment lang schauten sie sich an, Auge in Auge: der kleine Vogel mit dem gebrochenen Flügel und er, der ihn hielt, ihn sicher hielt in seiner großen, wärmenden Hand.
Ob sie seine Verlegenheit bemerkt hat? Er wirft einen schnellen prüfenden Blick zu ihr hinüber. Um ihren Mund ein Lächeln: versonnen, nach innen gerichtet. In ihren weit geöffneten Augen spiegelt sich das Licht, das von den Fenstern her in breiten Bahnen ins Zimmer fällt. Nein, sie sieht ihn nicht, jedenfalls nicht genau genug, um seine Verlegenheit zu bemerken. Allenfalls als vagen Schatten mag sie ihn im Gegenlicht wahrnehmen.

Nun, was ist, junger Mann? Haben Sie etwas Passendes gefunden?
Er steht vor dem zur hohen Decke hinaufreichenden Bücherregal und lässt seine Augen wieder über die Buchrücken gleiten: Mario Soldati, *Briefe aus Capri* neben Selma Lagerlöf, *Aus meinen Kindertagen* und

daneben ohne erkennbare Ordnung Bruno Schulz, *Die Zimtläden*, Gustave Flaubert, *Die Erziehung des Herzens*, Rudolf Borchardt, *Der leidenschaftliche Gärtner*, dann ein Band mit der Aufschrift *Unser Goethe*, immerhin ein Name, der ihm schon einmal untergekommen ist, Salk Viertel, *Das unbelehrbare Herz*, Virginia Woolf gleich mit vier Romanen: *Die Fahrt zum Leuchtturm*, *Die Wellen*, *Orlando* und *Zwischen den Akten*, Knut Hamsun, *Mysterien*, Henry James, *Die sündigen Engel*, das Gesamtwerk eines gewissen Friedo Lampe in einem Band, noch einmal Henry James, *Bildnis einer Dame*, Jane Austen, *Stolz und Vorurteil*, François Mauriac, *Das Gewand des Jünglings*, Ludwig Bemelmans, *Alte Liebe rostet nicht* und schließlich Anaïs Nin, vier Bände ohne Titel.
Unschlüssig nimmt er den Band Goethe zur Hand, schlägt das Inhaltsverzeichnis auf, überfliegt das Vorwort, blättert noch darin, während sein Blick schon über die nächste Bücherreihe gleitet und an zwei kleinformatigen Bändchen festmacht. Einen Augenblick lang ist er wie erstarrt, wagt nicht zu atmen, schreckt vor der eigenen Kühnheit zurück. Aber dann stellt er den Goethe zurück und nimmt die beiden Bändchen aus dem Regal, hält sie eine Weile wägend in der Hand, gibt sich einen Ruck und liest ihr, ein wenig zu laut, aber mit fester Stimme, den Titel vor: *Liebesgeschichten aus Tausendundeiner Nacht.*
Na also, sagt sie hörbar zufrieden. Ich wusste, dass Sie das Richtige finden würden.
Er schiebt einen Stuhl in die Nähe ihres Sessels, dreht ihn mit dem Rücken gegen das Fenster, sodass das

Tageslicht auf das aufgeschlagene Büchlein fällt, setzt sich, holt, wie um sich zu stärken, noch einmal tief Luft und beginnt zu lesen: *Preis sei Allah, dem Herrn der Welten! Segen und Heil dem Herrn der Gottesgesandten, unserem Herrn und Meister, Mohammed* …

Ob er sich da nicht doch vergriffen hat? Er bricht ab, schaut fragend zu der alten Dame hinüber.

Vielleicht wollen Sie doch lieber etwas anderes hören …?

Aber sie wirft nur kurz den kleinen Kopf in den Nacken und macht eine ungehaltene Handbewegung.

Nein, lesen Sie! Ich sagte doch, Sie haben richtig gewählt. Lesen Sie nur weiter, immer weiter!

Schon sammelt sich wieder das feine Lächeln auf ihrem Gesicht, lauscht sie wieder, nach außen und nach innen. Und er liest, zuerst zögernd, als traue er seinen Augen und Ohren nicht, dann immer flüssiger, liest vom König Schehrijar und dessen Bruder, König Schahzaman – was für Namen! –, wie zuerst der eine, dann der andere sich von seiner Gemahlin hintergangen sieht, ihr und ihrem Geliebten, im Falle Schehrijars auch gleich noch einer stattlichen Schar Sklavinnen und Sklaven, die Zeugen des Ehebruchs geworden sind, den Kopf abschlägt, wie Schehrijar sich fortan vor weiterer Schmach zu schützen trachtet, indem er Nacht für Nacht eine Jungfrau auf sein Lager nimmt und sie am nächsten Tag enthaupten lässt, um so sicherzugehen, dass sie ihn niemals betrügen kann.

Und von nun an nahm König Schehrijar jede Nacht eine Jungfrau zu sich; der nahm er die Mädchenschaft, und dann tötete er sie, um seiner Ehre gewiss zu sein, und so trieb er es drei Jahre lang. Hier macht der junge Mann eine Pause, streicht sich mit der Linken eine Haarsträhne aus dem Gesicht und will eben mit dem Vorlesen fortfahren, als die alte Dame nach seinem Unterarm tastet, ihn lange drückt, als wollte sie die Festigkeit des Fleisches prüfen, und dann entzückt ausruft: Wie gut sie erzählen!

Er hat schon Luft geholt, den Mund halb geöffnet, das erste Wort des nächsten Satzes schon auf der Zunge. Pffft… Er ist irritiert. Aber ich lese doch nur vor, was ein anderer aufgeschrieben hat, will er sagen, sagt es dann auch. Sie schüttelt den Kopf, hat mit seinem Einwand gerechnet, lässt ihn nicht gelten.

Stellen Sie Ihr Licht nicht unter den Scheffel, junger Mann! Sie sind ein Erzähler. Glauben Sie mir, wenige in Ihrem Alter können so schön über die Liebe sprechen wie Sie. Der junge Mann, der vor Ihnen hier war, hat immer alles durcheinandergebracht. Und genierlich war er! *Stechet einen starken Stich!* – nie hätte er einen solchen Satz über die Lippen gebracht. Nein, Sie sind ein Erzähler, das hab ich gleich gemerkt, als ich Ihre Stimme zum ersten Mal am Telefon hörte. Aber warten Sie nur ab, wenn jetzt Schehrezad die Bühne betritt, finden Sie eine, die Ihnen ebenbürtig ist.

Sie kennen das Buch?

Erstaunen ist in seiner Stimme und ein Anflug von Verärgerung darüber, dass sie erst jetzt damit herauskommt.

Sie lässt seinen Unterarm los, lehnt sich zurück und nimmt wieder die Haltung ein, die sie die ganze Zeit innehatte, während er las.
Ich habe alle Bücher gelesen, die dort hinten stehen, und dieses mehrmals.
Aber langweilt es Sie denn nicht, wenn ich Ihnen vorlese, was Sie schon kennen?
Oh nein! So wie Sie die Geschichte lesen, ist sie ganz neu und wunderbar.
Sie schweigen eine Weile, und dann, in die Stille hinein, beginnt er, weil er nichts mehr zu sagen weiß, wieder zu lesen: *Da geriet das Volk in Aufruhr und flüchtete mit den Töchtern, bis keine mannbare Jungfrau mehr in der Stadt war. Doch der König befahl dem Wesir, er solle ihm eine Jungfrau wie gewöhnlich bringen. Und der Wesir ging hin, zu suchen, aber er fand keine Jungfrau. So begab er sich traurig und bedrückt nach Hause …*
Was ist los? Warum lesen Sie nicht weiter?
Es ist schon nach fünf…
Lesen Sie! Lesen Sie! Sie können doch jetzt nicht aufhören!
Und wie er nun fortfährt, zu lesen – oder vielleicht doch zu erzählen? –, wie der Wesir in seiner Not seine eigene Tochter Schehrezad dem König Schehrijar zuführt und diese sich, Geschichten erzählend und Kinder gebärend, in tausend und einer Nacht dem Tod zu entwinden weiß, da vergisst er alles um sich herum, vergisst, dass er eigentlich längst zu Haus sein müsste, wo sein Vater darauf wartet, dass er ihm hilft, die Veranda leer zu räumen, weil die dringend neu gestrichen werden muss.

Mein Gott! Schon fast sechs. Ich müsste längst zu Hause sein.
Er klappt das Buch zu, springt auf, ist schon fast an der Tür.
Wann kommen Sie wieder?
Plötzlich ist ihr Gesicht angespannt, ein nervöses Flackern huscht über ihre grauen Augen.
Übermorgen. Zur selben Zeit.
Übermorgen …
Sie legt den Kopf ein wenig auf die Seite, als horche sie dem Klang ihrer Stimme hinterher. Ich werde auf Sie warten, sagt sie dann, und er hört es ihrer Stimme an, dass sie es ernst meint: Sie wird warten, eine Nacht, einen Tag und wieder eine Nacht, bis er wiederkommt.

2

ER STELLT DAS FAHRRAD am Zaun ab, stößt die Gartentür auf. Auf dem Rasen neben der Haustür Stühle, eine Bank, Blumentöpfe, Regale, eine Stehlampe. Als er ums Haus herumgeht, kommt ihm der Vater mit einem zusammengerollten Teppich über der Schulter entgegen. Er keucht, das Gesicht von der Anstrengung blaurot, ächzend legt er den Teppich auf den Rasen neben die anderen Sachen.

Tut mir leid! Das Vorlesen hat länger gedauert...

Der Vater steht gebückt, atmet schwer, wendet sich nicht um. Schleif die Fensterbänke ab, knurrt er. In seiner Stimme unterdrückte Wut.

Aber picobello!

Er hat es gewusst. Er ist nicht überrascht, nicht einmal traurig oder erschrocken oder verärgert ist er. Es ist wie eine Lähmung, in ihm drin ist alles tot, als wäre er ein anderer, so sieht er sich vor dem Vater stehen. Das Vorlesen hat länger gedauert. Was für ein Satz, was für ein sinnloser, lächerlicher Satz! Er hätte genauso gut sagen können: Ich hatte eine Panne mit dem Rad, oder: Der Weidendamm stand unter Wasser, und ich musste einen Umweg übers Brinkviertel machen. Der Vater hört gar nicht hin, oder er hört die Wörter, aber sie sagen ihm nichts. Es ist nach sechs und nicht Viertel nach fünf. Mehr muss der Vater nicht wissen.

Wo die Schleifmaschine ist, will der Junge fragen, fragt

aber nicht, weil er sich nicht traut, weil er Angst hat, dass der Vater gleich wieder losbrüllt in seiner Wut. Auf der Veranda ist sie nicht, im Wohnzimmer auch nicht. Er geht hinunter in den Keller, sucht überall in dem alten Küchenschrank, wo der Vater das Handwerkszeug aufbewahrt.
Wo ist die Schleifmaschine?, fragt er dann doch, als er wieder auf die Veranda tritt.
Bist du blind? Da vor deinen Füßen liegt sie, brüllt der Vater.

Die Schleifmaschine liegt mitten auf dem Fußboden der Veranda. Wie zum Hohn liegt sie da, gar nicht zu übersehen. Ist es möglich, dass er sie vorhin trotzdem übersehen hat? Oder hat sie der Vater dort hingelegt, während er sie im Keller suchte, hat sie auf den Fußboden gelegt, so, dass er fast darüber gestolpert wäre, nur um ihm wieder einmal zu beweisen, was für ein Idiot er ist, was für ein Versager?
Er nimmt die Maschine, schließt sie mit einem Verlängerungskabel an die Steckdose im Wohnzimmer an. Das Schleifpapier ist abgenutzt, nicht mehr zu gebrauchen. Er muss noch einmal in den Keller, um neues zu holen. Das Schleifpapier, das weiß er, liegt in der obersten Schublade des alten Küchenschranks. Während er die Kellertreppe wieder hinaufsteigt, denkt er an Shehrezad und wie sie mit ihren Geschichten den grausamen König Shehrijar milde stimmt und so ihren Hals rettet. Mit Geschichten! Keine zwei Sätze weit würde er kommen, da hätte der Vater ihn schon angebrüllt, er solle

aufhören, Geschichten zu erzählen. Er solle lieber seine Arbeit machen, und zwar ordentlich, picobello!
Er nimmt das abgenutzte Schleifpapier aus der Halterung, scheinbar ruhig, gelassen, aber er spürt, dass der Vater ihn aus den Augenwinkeln beobachtet, na, soll er doch, spannt das neue Schleifpapier ein, geht hinüber zur Fensterbank, schaltet die Maschine ein, will eben mit dem Abschleifen beginnen, da ist der Vater mit einem Sprung bei ihm, reißt ihm die Maschine aus der Hand.
Bist du verrückt? Meinst du, ich will den ganzen Staub im Wohnzimmer haben?
Er steht da mit gesenktem Kopf, gelähmt vor Schreck und Angst, sagt nichts, duckt sich nicht, als der Vater mit der Rechten ausholt, spürt schon den Schmerz im Gesicht, den die schwere Hand verursachen wird, den Schmerz, die Scham, die Wut. Aber der Vater schlägt nicht, einen Achtzehnjährigen schlägt man nicht, auch wenn er es verdient hätte.
Was meinst du wohl, wozu ich die Plastikfolie besorgt habe und das Klebeband, brüllt er.

Erst später im Bett wird er weinen, trockene Tränen der Verzweiflung und der Wut, weil man mit achtzehn Jahren nicht mehr richtig weint, jedenfalls nicht so, wie man als Kind geweint hat. Aus dem Wohnzimmer dringen Stimmen zu ihm herüber, die Stimme der Mutter klagend, vorwurfsvoll, die Stimme des Vaters, in der sich die aufsteigende Wut ankündigt. Gleich werden sie wieder zu streiten beginnen, der Vater wird

brüllen, die Mutter erst schreien, dann weinen, dann schluchzen.
Der Vater vor dem Fernseher, mit glasigen Augen, die Bierflasche in der Hand. Wie ein Klotz, wie ein dumpfer, gefühlloser Klotz sitzt er da. Die Mutter ist soeben von der Arbeit heimgekommen. Der Kleinbus, der sie jeden Nachmittag kurz vor vier abholt, hat sie wieder hergebracht. Sie sagt etwas, arglos oder, woher soll er das wissen, mit bösem Hintersinn, sagt etwas, was der Klotz nicht einfach hinnehmen kann, was ihn in plötzliche Wut versetzt. Er beginnt zu schnaufen, setzt die Bierflasche mit einem Knall auf dem Couchtisch ab, schnauft noch einmal, lauter als vorher, und dann brüllt er, und sie schreit, die Stimmen im Wohnzimmer vermischen sich mit den Geräuschen, die aus dem Fernseher kommen, Reifen quietschen, jemand ruft: Stehen bleiben!
Vielleicht war es ein Fehler, den Militärdienst zu verweigern. Vielleicht hätte er sich dem Vater fügen und sich freiwillig zum Militär melden sollen. Dann wäre er in einer anderen Stadt in eine Kaserne eingezogen worden und er wäre endlich rausgekommen aus diesem Haus, in dem es nur Streit gibt und Misstrauen und Hass. Aber dann hätten sie ihn dort in der Kaserne angeschrien, hätten ihn schikaniert und gedemütigt. Und seine Freunde hätten ihn verachtet, zu Recht verachtet, weil er sich hätte abrichten lassen zum Töten, zum Krieg. Mit weit geöffneten Augen starrt er ins Dunkel, denkt an morgen und übermorgen, dass es immer so weitergehen wird und dass er es nicht aushält,

dass er hier rausmuss, egal wohin. Und dann, auf einmal, fällt ihm die alte Dame wieder ein und die Bücher in ihrem Wohnzimmer, die sie nicht mehr lesen kann, und dass sie etwas gesagt hat, etwas Unerhörtes, etwas, das ganz und gar falsch ist und ihn doch nicht loslässt, das ihm seitdem im Kopf herumgeht und ihn verstört. Wenige in Ihrem Alter können so schön über die Liebe sprechen wie Sie, hat sie gesagt.

Über die Liebe ... Seit er vor drei Jahren einen Unfall hatte und sie ihn in Frühpension schickten, wütet der Vater gegen die Welt, gegen Schmutz und Staub, gegen Unkraut und abblätternde Farbe und gegen seine Frau und seinen Sohn, der für ihn nichts als ein Versager ist. Der Junge hasst diesen Mann, der sein Vater ist, und er hasst sich selbst, weil er sich von ihm anbrüllen, weil er sich immer wieder von ihm demütigen lässt. Er hasst seine Mutter, liebt sie und hasst sie zugleich, weil sie sich nicht wehrt, weil auch sie sich immer wieder demütigen lässt. Mit offenen Augen liegt er in seinem Bett und spürt, wie der Hass sich in seinem Körper ausbreitet, sein Blut gerinnen, seine Muskeln erstarren lässt, sich als dicker, fester Klumpen hinter seiner Stirn festsetzt.

Er ist achtzehn, in wenigen Wochen wird er neunzehn. Er kann weggehen, wenn er will. Von dem Zivildienstsold kann er leben, sich irgendwo in der Stadt ein Zimmer mieten. Das Geld steht ihm zu, ihm, nicht dem Vater. Wenn er hier nicht mehr wohnt, in diesem Haus, mit diesem Vater, wird vielleicht alles besser. Er will weg, will so schnell wie möglich weg, aber die Mutter will ihn nicht ziehen lassen. Er dürfe sie nicht allein lassen, sagt sie. Sie brauche ihn, brauche ihn, weil sie es allein nicht schaffe mit dem Vater, der schwierig sei, krank, seit dem Unfall damals. So, wie er jetzt sei, sagt sie, sei der Vater nicht immer gewesen, alles werde anders, wenn er erst wieder gesund sei. Die Mutter hofft, dass es wieder anders wird. Immer noch hofft sie. Und darum muss er bleiben. Um ihr nicht diese letzte Hoffnung zu nehmen.

3

NOCH BEVOR ER AUFWACHT, riecht er den Kaffee. Jedenfalls erscheint es ihm im Nachhinein so, als wäre er vom Kaffeegeruch aufgewacht, nun, da er mit offenen Augen im Bett liegt, an die Decke starrt und in die Stille horcht. Kein Laut im ganzen Haus, von draußen strömt durch das Fenster grüngelb gefiltert Sonnenlicht herein. Alle Dinge im Zimmer von flirrender Zweideutigkeit, als enthielten sie ein Versprechen, eine geheimnisvolle, unerlöste andere Wirklichkeit. Heute ist Sonntag, heute hat er frei, kann schlafen, solange er will. Heute wird auch der Vater nicht auf der Veranda und nicht im Garten arbeiten, allenfalls im Keller, wo es die Nachbarn nicht sehen und hören können, weil die Sonntagsruhe um jeden Preis eingehalten werden muss.

Stille, absolute Stille. Wie ein Geschenk ist das, ein kostbares Geschenk, das er womöglich gar nicht verdient hat, das ihm vielleicht im nächsten Augenblick wieder weggenommen wird. Er malt sich eine Weite aus, Hügel, ein See. Wie ein Vogel müsste man mit ausgebreiteten Schwingen lautlos durch die Stille gleiten, sich von der Thermik tragen lassen, höher, immer höher hinauf. Wohin? Die Frage irritiert ihn nur kurz, ist im Grunde spielerisch leicht, leicht zu beantworten: irgendwohin. Hier oben in der Stille, in der grenzenlosen Weite, beantwortet sie sich von selbst. Sich leicht machen, die Arme ausbreiten, er könnte mit geschlossenen Augen rückwärts fliegen, so sicher fühlt er sich. Aber diese Zuversicht, das weiß er aus Erfahrung, täuscht, dieses Gefühl, dass, wo immer es ihn hinführt, er am Ziel sein wird, ist eine Illusion. Er muss wachsam sein, darf sich nicht in falscher Sicherheit wiegen.

Er springt aus dem Bett, zieht den Bademantel an. Einen Augenblick zögert er, lauscht in die Stille. Nichts. Er geht zur Tür, tritt auf den Flur, lauscht, auch hier nichts. Schlafen noch, denkt er, aber als er fast geräuschlos den Flur entlang und in die Küche … In der Küche sitzt die Mutter, sie lächelt ihn an, erwartungsvoll, wehmütig, liebevoll.

Vater schläft noch, sagt sie. Er fühlt sich nicht wohl.

Er steht in der Küchentür, stumm, festgenagelt, gibt sich endlich einen Ruck, geht hinüber zu ihr, nimmt sie in seine Arme, flüchtig, berührt sie kaum, tut es, weil er weiß, dass sie es erwartet. Für einen Moment drückt sie ihn an sich, hält ihn und seufzt, dann steht sie auf.

Setz dich! Ich bring dir Kaffee.

Sie nimmt seinen Becher, geht hinüber zur Kaffeemaschine, gießt Kaffee ein, stellt den Becher vor ihn hin, steht da, betrachtet ihn, ihren Sohn, schaut zu, wie er den Becher zum Munde führt und trinkt, in ihrem schäbigen wattierten Morgenmantel steht sie da und wartet darauf, dass er etwas sagt.

Robert?

Es klingt wie eine Frage, aber in Wirklichkeit, das weiß er, ist es eine Bitte: Sprich mit mir, Robert! Sag irgend-

etwas, erzähl mir, was du gestern den Tag über gemacht hast, was du heute tun wirst! Was hast du geträumt, Robert? Was geht dir im Kopf herum? Sprich mit mir!
Aber ihm fällt nichts ein, was er sagen könnte, sagen möchte, auch nichts Belangloses, Nebensächliches, etwas, was man sagt, um überhaupt etwas zu sagen. Wie beginnt man überhaupt ein Gespräch, so ein Gespräch? Solange er zurückdenken kann, hat er mit seiner Mutter kein Gespräch geführt. Und mit seinem Vater erst recht nicht. Selbst wenn man es versuchte, könnte man mit ihm kein Gespräch führen. Das Gespräch ist immer schon zu Ende, wenn der Vater den ersten Satz gesagt hat. Selbst seine Fragen lassen keinen Raum für Antworten. Sie spießen einen auf, wie man tote Insekten aufspießt. Aber seine Mutter möchte, dass er sich mit ihr unterhält. Weil sie glaubt, dass in einer Familie Gespräche geführt werden müssen, dass sie, alle drei, miteinander reden müssen, um das Schlimmste vielleicht noch abzuwenden.
Was machst du heute, fragt die Mutter. Er, das Gesicht halb hinter dem Kaffeebecher verborgen, schweigt, schweigt lange, sagt dann: Nichts, blickt auf, sieht ihr von so vielen Enttäuschungen fahl gewordenes Gesicht, sagt: Vielleicht geh ich nachher mal kurz auf den Sportplatz.
Fußball spielen?, fragt die Mutter.
Vielleicht, sagt er.
Du musst was essen.
Sie schiebt ihm den Teller mit dem Schinken und der Wurst hin, eine schüchterne Bewegung, fahrig und

schüchtern, als glaubte sie selbst nicht an das, was sie tut.

Ja, Mama.

Sie sitzen sich gegenüber und schweigen. Die Mutter hat sich eine Zigarette angezündet, trinkt Kaffee, raucht, schweigt. Du wirst dich erkälten, sagt sie, barfuß auf dem kalten Steinfußboden. Der Junge ihr gegenüber kaut an seinem Brot, nimmt einen Schluck aus dem Becher, die Augen niedergeschlagen, stumm. Dann, als das Schweigen unerträglich wird, steht er plötzlich auf, geht wortlos hinaus. Das Brot, halb aufgegessen, bleibt auf dem Teller zurück.

Sie hört ihn im Bad, hört die Klospülung, die Dusche, hört ihn über den Flur in sein Zimmer gehen. Auf der Küchenuhr ist es zwanzig nach neun, als sie die Haustür zuschlagen hört. Seine Schritte auf dem Kies. Das Knarren der Schuppentür. Er holt das Fahrrad aus dem Schuppen. Er schiebt es über den Kies. Er öffnet die Gartentür. Die Gartentür fällt ins Schloss. Lauter Dinge, die mit Zwangsläufigkeit geschehen, eine Kette von gänzlich unbeeinflussbaren, zwangsläufig ablaufenden Geschehnissen.

Und am Ende ist sie allein mit einem Tag, der wie alle anderen ist, und das kleine bisschen Hoffnung, mit dem sie aufgestanden ist, ist schon wieder dahin, die Hoffnung, dass es diesmal anders sein könnte, wenn er in die Küche kommt, weil der Vater gestern Abend zu viel getrunken hat, sich nicht wohlfühlt und im Bett bleibt, dass sie diesmal ein Gespräch führen werden wie

Mutter und Sohn oder überhaupt nur ein Gespräch über irgendetwas, das sie beide interessiert oder nicht wirklich interessiert, etwas ganz Alltägliches, was, wenn man es ausspricht, zu etwas wird, das Mutter und Sohn verbindet.

4

ER STELLT SEIN FAHRRAD im Unterstand an der Schule ab. Aus alter Gewohnheit sozusagen. Oder vielleicht, weil er nicht möchte, dass die andern ihn mit dem Fahrrad ankommen sehen, Andy, der schon ein Auto hat, und die anderen, die mit dem Moped herumfahren oder mit der Vespa. Er schließt das Fahrrad mit der Kette an, geht über die Straße, nimmt die Abkürzung durch den Park, vorbei an dem alten Mann mit den Plastiktüten, der auf einer Parkbank in der Sonne sitzt, um den Schwanenweiher herum, überquert das holprige Pflaster jenseits des Parks, nimmt den Durchgang zwischen dem Kino und der Reinigung und ist in der Fußgängerzone.

Vor dem *Schock* stehen Tom und Martin. Als er sie sieht, verlangsamt er sein Tempo, schlendert lässig heran.

Hi!

Die beiden anderen drehen sich um, tun so, als sähen sie ihn erst jetzt, haben ihn aber natürlich längst kommen sehen.

Hi!

Was liegt an?, fragt Robert.

Tom zieht die Schultern hoch, Martin hantiert mit seinem Handy, liest eine Nachricht auf dem Display.

Andy und Marita müssen gleich hier sein, sagt er dann.

Schweigen. Sie stehen da, schauen mal in die eine, mal in die andere Richtung in die menschenleere Fußgän-

gerzone hinein. Vor dem *McDonald's* ist das Transparent zerrissen, das quer über die Straße gespannt ist. Bei jedem Windzug knattert das gelb-rote Tuch wie die Fahne am Heck eines Ausflugsdampfers. Ausflugsdampfer? Robert hat keine Ahnung, wie das Wort in seinen Kopf kommt. Ein Sonntagswort vielleicht. Aber doch nicht hier, wo es weit und breit keinen Ausflugsdampfer gibt. Martin setzt sich auf die Stufen vor dem Eingang zum *Schock* und hält sein Gesicht in die Sonne. Von irgendwoher schallt Musik herüber, dumpf klopfende Bässe. Tom beginnt sich im Rhythmus zu bewegen, Roberts rechter Fuß wippt. Ausflugsdampfer. Die Musik kommt näher, als sie ganz nah ist, bricht sie plötzlich ab.
Das ist Andy, sagt Tom. Parkt hinter der Sparkasse.

Als Andy schließlich auftaucht, ist er allein. Robert sieht ihn, wie er an der Sparkasse um die Ecke biegt. Ohne Marita. Etwas in ihm sinkt zu Boden, fällt in sich zusammen, eine Spannung, eine freudige Erwartung. Wenn er Worte dafür hätte, würde er vielleicht Enttäuschung nennen, was er empfindet, obwohl es ganz diffus ist, eher eine vage Irritation, ein Anflug von Traurigkeit, wie er immer mal vorkommen kann, ohne besonderen Grund.
Wo ist Marita?, fragt Tom.
Kann nicht. Muss mit ihren Eltern auf eine Hochzeit.
Blöde Tusse, sagt Tom und boxt Andy gegen die Brust. Sie tänzeln umeinander herum, aus der Deckung heraus mit der Führhand kurze Luftschläge, mit der

Schlaghand ein angetäuschter Haken, ein Schwinger, eine Gerade. Zisch! Bumm! Peng! Bis Andy schließlich abwinkt.
Drehen wir 'ne Runde, sagt er.
Martin wälzt sich von den Stufen herunter, reckt sich, gähnt. Sie setzen sich in Bewegung, durch die Zangerstraße Richtung Rathausplatz, gehen nebeneinander, nehmen die ganze Breite des Bürgersteigs ein. Als sie gerade die Eisdiele passiert haben, kommen ihnen auf der anderen Straßenseite drei Mädchen entgegen. Robert kennt eine von ihnen, eine kleine, pummelige Blonde, sie war in der Schule zwei Klassen unter ihm, wohnt in seiner Straße. Sie hier zu treffen, ist ihm peinlich. Warum? Er weiß es nicht, er weiß nur, dass er froh wäre, wenn sie schon an ihnen vorbei wären. Aber Andy pfeift auf den Fingern, ruft zu den Mädchen hinüber: Was ist? Kommt ihr mit auf eine Spritztour ins Grüne?
Tom und Martin lachen, die Mädchen tippen sich an die Stirn und gehen tuschelnd und sich dann und wann umschauend weiter. Blöde Tussen, sagt Tom. Martin ist stehen geblieben, schaut hinter den dreien her, schüttelt den Kopf. Lass!, ruft Andy ihm zu. Hat keinen Sinn. Die wissen doch gar nicht, was ihnen entgeht. Er ruft es so laut, dass die drei gleich wieder die Köpfe zusammenstecken und tuscheln, sich umschauen und sich an die Stirn tippen.
Blöde Tussen, sagt Tom noch einmal. Aber da sind sie schon verschwunden, sind in eine Seitenstraße abgebogen.

Robert ist erleichtert, so erleichtert ist er, dass er ausholt und mit aller Kraft, juppiiii!, gegen eine auf dem Bürgersteig liegende Bierdose tritt. Im hohen Bogen fliegt sie über die Straße, prallt gegen die Tür eines parkenden Autos, kullert zurück und bleibt mitten auf dem Fahrdamm liegen.
Scheiße! Robert schaut sich erschrocken um.
Hat doch keiner gesehen, sagt Tom, und Andy sagt: Warum parkt der auch so blöd hier auf der Straße. Selber schuld.
In der Clique ist alles einfach. Wenn er mit Tom, Andy, Martin und den anderen zusammen ist, hat Robert keine Angst, etwas Falsches zu sagen, etwas falsch zu machen. Außer vielleicht, wenn es zu solchen Begegnungen kommt wie gerade eben mit der kleinen Pummeligen aus der Bredowstraße, bei deren Eltern sein Vater und seine Mutter schon einmal auf eine Grillparty eingeladen waren, bevor der Vater den Unfall hatte und sie ihn im Betrieb nicht mehr gebrauchen konnten. In solchen Fällen ist es besser, wenn Marita dabei ist. Wenn sie dabei ist, ist Andy anders, nicht so unruhig, berechenbarer. Und wenn Andy anders ist, sind auch die anderen anders.
Am Brunnen auf dem Rathausplatz Georg und Sebo. Sie sitzen auf den Stufen, die zum Brunnenbecken hinaufführen.
Hi, sagt Andy, und: Was liegt an?
Erst mal sich auf die Stufen setzen, die Arme, die Beine ausstrecken, gähnen, das Gesicht in die Sonne halten, wieder gähnen. Robert weiß, was zu tun ist, alle wissen

es. Wie ein Vogelschwarm, der im Flug plötzlich die Richtung ändert, alle auf einmal, wie auf Kommando, setzen sie sich, strecken sich, gähnen, halten das Gesicht in die Sonne.
So, denkt Robert, müsste es immer sein, so selbstverständlich, so fraglos richtig.

Es ist schon Mittag vorüber, da sitzen sie immer noch da. Sie haben Sebos neues iPhone bestaunt, mit dem man Fotos und Filme machen, ins Internet gehen und E-Mails abrufen und verschicken kann, und haben über den kleinsten Camcorder der Welt gesprochen, den sie jetzt auf der CeBit präsentiert haben.
Matchbox, sagt Andy, und: Die Auflösung ist besser als bei einer richtigen Fernsehkamera.
Sie haben in der Sonne gesessen, sich geräkelt und gelacht, als Georg ins Brunnenbecken gepinkelt hat.
Jetzt ist es nach halb eins, und Robert müsste eigentlich nach Hause, wo die Mutter mit dem Mittagessen wartet.
Er kramt sein Handy aus der Hosentasche, geht wie in Gedanken ein paar Schritte abseits, wählt, wartet. Die Stimme des Vaters: Ja? Sie klingt weich, unsicher, ganz anders als sonst. Robert spürt einen Stich in der Brust, der ihm den Atem nimmt. Er will sagen, dass er später kommt, in einer halben Stunde vielleicht. Eigentlich möchte er noch etwas ganz anderes sagen. Aber er bringt kein Wort heraus. Und der Vater am anderen Ende wartet, schweigt endlose zwei, drei Sekunden lang, dann fragt er gereizt, weil sich niemand meldet,

gereizt und seltsam verloren: Wer ist denn da? Melden Sie sich doch! Robert erschrickt, legt auf, steckt das Handy in die Hosentasche zurück.
Er schaut sich um, seine Augen schweifen über den weiten, leeren Platz. Die Stimme des Vaters, wie eine Stimme aus einer anderen Welt klang sie. Brüchig, verlassen, fast wie ein Hilferuf von einem fernen, öden Planeten. Eine Weile sieht er den Tauben zu, die nach den Krümeln picken, die Georg ihnen hinwirft. Dann setzt er sich wieder zu den anderen auf die Stufen, sitzt eine Weile da mit in sich gekehrtem Blick, steht aber gleich wieder.
Ich muss nach Haus. Mittagessen.
Ich komm mit, sagt Martin, der offenbar nur auf das Signal zum Gehen gewartet hat.
Robert und Martin gehen über den Platz, unter den Augen der anderen gehen sie langsam davon, vorbei an der Alten Wache, biegen in die Zangerstraße ein, sind nicht mehr zu sehen. Sie gehen schweigend nebeneinander, bis sie den Durchgang an der Reinigung erreichen. Bis dann, sagt Robert, Martin schnalzt mit den Fingern, dreht sich nicht nach ihm um, geht geradeaus weiter Richtung Christuskirche, wo er sein Moped unter den alten Linden geparkt hat.

5

WIR HABEN SCHON ANGEFANGEN, sagt die Mutter. Hast du dir die Hände gewaschen?
Er setzt sich auf seinen Platz, dem Vater gegenüber, die Mutter gibt ihm auf: Sauerbraten, Salzkartoffeln, Karottengemüse.
Was hast du gemacht?
Nichts weiter. Pause. Hab ein paar Freunde getroffen.
Tom und Martin?
Robert nickt, kaut, schaut zum Vater hinüber. Der Vater ist mit dem Essen beschäftigt, so beschäftigt ist er, dass er gar nicht wahrzunehmen scheint, was um ihn herum vorgeht, was da am Tisch gesprochen wird.
Gehst du nachher auf den Sportplatz, fragt die Mutter.
Weiß nicht, antwortet Robert.
Die Fragen der Mutter sind ihm peinlich, vor allem vor dem Vater. Er hat das Gefühl, dass sie auch dem Vater peinlich sind. Fast ein bisschen verlegen wirkt der Vater, wie er so dasitzt und jeden Bissen zwanzigmal kaut.
Warum geht ihr nicht zusammen, fragt die Mutter.
Robert stutzt, erschrickt, begreift nicht, will nicht begreifen, was die Mutter meint.
Wohin?
Na, auf den Sportplatz, sagt sie.
Es ist Jahre her, dass sie das letzte Mal zusammen auf dem Sportplatz waren, der Vater und er. Im Winter mit

Schal und Pudelmütze, der Vater hatte einen Flachmann dabei, aus dem er dann und wann einen wärmenden Schluck nahm. Und: Hast du das gesehen? Das war doch Hand! Na, wenn das nicht Hand war. Schiedsrichter, Telefon!

Sie standen zusammen mit Papas Kollegen aus dem Betrieb an der Seitenlinie. Es war kalt, der Boden hart gefroren, sie trippelten auf und ab, behauchten ihre klammen Finger. Als sie nach Haus kamen, begann es zu schneien und im Wohnzimmer hatte Mutter im Kamin ein Feuer angezündet.

Jetzt müsste er etwas sagen, der Vater. Vielleicht sagt er: Was, ich? Ich soll mit dem Versager auf den Sportplatz gehen? Wie komm ich dazu?

Vielleicht sagt er auch: Meinetwegen. Wollte sowieso mal ein bisschen an die frische Luft. Oder er sagt wie früher manchmal, als Robert noch klein war: Für jedes Tor, das die Unsrigen schießen, kriegst hinterher eine Kugel Eis.

Aber als Robert aufblickt, sieht er, dass die Mutter *ihn,* Robert, anschaut, flehentlich fast blickt sie ihn an. *Er* soll etwas sagen, soll sagen, dass er gern mit dem Vater auf den Fußballplatz gehen würde. Aber das kann er nicht, schon gar nicht, wenn die Mutter ihn so anschaut. Er senkt den Blick, starrt auf seinen Teller, stocksteif sitzt er da. Und die Zeit verstreicht, aus dem Wohnzimmer ist das Ticken der Standuhr zu hören, so still und unaufhaltsam verstreicht die Zeit. Bis es zu spät ist für den Sohn, für den Vater, eine Antwort zu geben auf die Frage der Mutter.

Ich leg mich ein halbes Stündchen hin, sagt der Vater, bleibt aber noch sitzen, als wolle er dem Sohn eine letzte Chance geben, und Robert spürt, wie die Lähmung sich in ihm ausbreitet, ihm die Brust zuschnürt, seinen Nacken erstarren lässt, seinen Kopf mit Watte ausstopft. Wie ist es? Gehen wir nachher auf den Sportplatz?, könnte er jetzt zum Vater sagen, sagt es aber nicht, sagt überhaupt nichts, sieht nur aus den Augenwinkeln, wie die Mutter den Kopf auf die Brust sinken lässt und auf ihrem halb leer gegessenen Teller herumstochert, sieht, wie der Vater seinen Stuhl zurückschiebt, sich mit den großen Händen auf die Oberschenkel schlägt. Jetzt steht er auf, der Vater, geht, das rechte Bein hinter sich herziehend, ins Wohnzimmer hinüber, um sich auf die Couch zu legen. Jetzt ist es zu spät.

6

DIE ZENTRALE DER AMBULANTEN Altenhilfe liegt am Wallgraben. Von der Straße kommend muss man eine Holzbrücke passieren, um auf den Hof zu gelangen, wo die Autos geparkt sind, mit denen die Helfer zu den Klienten fahren. Robert ist der einzige, der mit dem Fahrrad fährt, weil er noch keinen Führerschein hat. Er lehnt das Fahrrad an das Eisengeländer, das die Treppe zum Keller einrahmt, schließt es an, geht durch die Hintertür ins Büro.

Guten Morgen, sagt er, als er eintritt.

Guten Morgen, Robert.

Herr Wesendonk ist schon da, steht vor der grünen Tafel und studiert den Tagesplan. Er ist Mitte vierzig, hat eine sonnengebräunte Glatze und die Statur eines Ringers. Er sei, sagt er von sich selbst, der Spezialist für die schweren Fälle. Er meint damit die übergewichtigen Alten, die niemand außer ihm ohne fremde Hilfe aus dem Bett heben, in die Badewanne setzen und wieder herausholen kann.

Robert? Kommst du mal?

Das ist die Sekretärin, Frau Stechapfel, sie ruft aus dem Nebenzimmer. Robert geht hinüber, steht in der offenen Tür, Frau Stechapfel am Schreibtisch, den Telefonhörer noch in der Hand:

Du musst die Frau Abel übernehmen. Der Conny ist krank. Herr Wesendonk erklärt dir, was da zu machen ist.

Conny ist der andere Zivi. Er kommt jeden Tag mit dem Auto von Neustadt herüber, ist lustig, bei allen beliebt, nur montags ist er öfter mal krank. Dann ruft seine Mutter an, dass er nicht kommen kann, weil er Kopfschmerzen hat oder eine Magenverstimmung. Robert geht zur Tafel hinüber. Unter seinem Namen steht: Abel, Meinertz, Welach, Klein. Und am Nachmittag von drei bis fünf Vorlesen bei Frau Sternheim.
Waschen, Windeln und Frühstück machen, sagt Herr Wesendonk. Und wenn noch Zeit bleibt, einmal Halma mit ihr spielen. Die Frau Abel ist eine nette Frau, redet ein bisschen viel, aber nett.
Alle anderen kennt Robert schon. Herr Meinertz hat Parkinson und muss gefüttert werden, ist aber im Kopf noch völlig klar. Er wird wütend, wenn Robert nicht schnell genug begreift, was er haben will, sobald er mit zitternder Hand auf etwas zu deuten versucht. Frau Welach ist eigentlich kerngesund, aber sie schafft den Haushalt nicht, sagt sie. Aus ihrem Sessel am Fenster kommandiert sie Robert umher, lässt ihn die Spülmaschine ausräumen, den Küchenboden wischen, die Wäsche aus der Waschmaschine in den Trockner tun. Ihr Arzt, sagt sie, habe ihr schwere Arbeit verboten. Aber dann sieht man sie manchmal, wie sie zwei randvolle Plastiktüten mit Eingekauftem die Treppe hinauf in den zweiten Stock schleppt. Frau Klein ist schüchtern, sie bedankt sich immer, wenn Robert für sie einkaufen geht, weil sie nicht mehr gut laufen kann. Und immer muss er etwas mitbringen, was sie ihm dann

schenkt, eine Tafel Schokolade oder Kekse oder einen Schokoriegel.
Und Frau Sternheim? Frau Sternheim ist anders als all die alten Leute, die Robert sonst zu betreuen hat. Sie ist eine Dame, gebildet, neugierig, vielleicht würde er, wenn ihm das Wort zur Verfügung stünde, sagen: kapriziös. Robert wusste bisher nicht, dass es solche Frauen gibt. Sie gibt ihm Rätsel auf, macht ihm auch ein wenig Angst, aber er geht dennoch gern zu ihr. Bei ihr ist er zu Besuch, er ist ihr Gast, nicht ihr Betreuer. Das hat sie ihm gleich am ersten Tag gesagt: Ich möchte, dass Sie mir vorlesen, weil ich mit meinen Augen nicht mehr gut lesen kann. Alles andere schaffe ich allein. Und wenn ich es nicht mehr schaffe, lege ich mich hin und sterbe.

Robert fährt den Wallgraben entlang, dann quer über das Gelände der alten Schokoladenfabrik in die Eisenbahnersiedlung. Rotdornstraße 11, ein niedriges grau verputztes Haus. Hier wohnt Frau Abel. Er klingelt, einmal, zweimal. Er hat einen Hausschlüssel, aber den soll er nur im Notfall benutzen. Er klingelt ein drittes Mal. Nichts rührt sich im Haus. Frau Abel schläft noch, denkt er und nimmt nun doch den Schlüssel, um die Haustür zu öffnen, obwohl Schlafen, streng genommen, kein Notfall ist.
Frau Abel?
Robert geht ins dämmrige Wohnzimmer, es ist leer, aber die Tür zum angrenzenden Zimmer ist nur angelehnt. Von dort hört er ein schwaches Geräusch, ein leises Stöhnen oder Wimmern. Er geht zur Tür, öffnet sie

und sieht eine magere, alte Frau im Nachthemd auf dem Boden liegen, neben dem Bett liegt sie auf dem Rücken, die Augen geschlossen, das Gesicht vor Schmerz verzerrt.
Frau Abel?
Als Antwort nur ein Wimmern. Kurze Panik, nur eine Sekunde vielleicht, dann hat er sich im Griff, sich und die Situation. Er bückt sich, will sie anheben, sie ins Bett zurücklegen, unter die Decke, damit sie nicht friert. Aber als er sie berührt, zuckt sie zusammen, das Wimmern wird lauter. Und nun sieht er auch, dass der rechte Unterarm seltsam abgeknickt ist.
Frau Abel, haben Sie Schmerzen?
Ihre Lippen bewegen sich, aber er kann nicht verstehen, was sie sagt. Er beugt sich zu ihr herunter: Frau Abel?
Kalt, flüstert sie. Mir ist so kalt.
Robert nimmt die Bettdecke, breitet sie über die Liegende. Dann nimmt er das Kissen und legt es vorsichtig unter ihren Kopf. Die kahle Stelle am Hinterkopf. Vom vielen Liegen. Als er sie berührt, hat er auf einmal das Gefühl, als hielte er einen kleinen Vogel in der Hand, einen kleinen, nackten, schutzlosen Vogel. Er geht zurück ins Wohnzimmer, sucht das Telefon, findet es im Flur auf dem Garderobenschränkchen, wählt die Nummer der Ambulanz:
Rotdornstraße 11, bei Abel. Ja, in der Eisenbahnersiedlung. Die alte Frau hat sich anscheinend den Arm gebrochen … Wann? … Keine Ahnung. Ich habe sie soeben gefunden.

Er überlegt, ob er versuchen soll, sie zu waschen, damit sie sich im Krankenhaus nicht schämen muss. Aber dazu müsste er ihr die Windel ausziehen, und das würde ihr wieder Schmerzen bereiten. Eine Weile steht er über sie gebeugt und betrachtet sie. Sie hält die Augen geschlossen, ihr Atem geht schnell, bei jedem Ausatmen ein leises Wimmern. Ein verwundetes Tier. Die Katze fällt ihm ein, die von einem Auto überfahren worden war und die er unter der Gartenhecke gefunden und mit nach Hause genommen hatte. Da war er gerade zwölf, ging seit einem Jahr aufs Gymnasium. Sie lag auf Holzwolle in einem Pappkarton, der am Fußende seines Bettes stand. Er pflegte und fütterte sie, und wenn er sie streichelte, schnurrte sie. Aber eines Tages, als sie wieder gesund war, sprang sie aus dem Fenster und tauchte nie wieder auf.
Über Frau Abels Bett hängt ein großes gerahmtes Foto: zwei junge Männer in Ringelhemden, mit gezwirbelten Schnurrbärten, in der Mitte eine junge Frau, fast ein Mädchen noch, im eng anliegenden Paillettenkostüm. Dahinter ein Wohnwagen mit der Aufschrift *Circus Abel.* Vielleicht ist Frau Abel in jungen Jahren Trapezkünstlerin gewesen, hat hoch oben im Zirkuszelt die waghalsigsten Kunststücke gemacht. Und jetzt fällt sie aus dem Bett und bricht sich den Arm.
Als es an der Tür klingelt, ist es die Ambulanz. Ein hagerer Mann um die vierzig mit Schnurrbart und Brille und ein junger, so alt wie Robert, im weißen T-Shirt. Wo ist sie, fragt der mit dem Schnurrbart. Robert geht

ihnen voran. Der Schnurrbärtige zieht die Bettdecke weg.

Aus dem Bett gefallen, sagt er. Rechter Unterarm gebrochen. Und dann zu seinem Begleiter: Die Trage.

Als die Ambulanz mit Frau Abel abgefahren ist und die Nachbarn, die neugierig auf die Straße getreten waren, wieder in ihren Häusern verschwunden sind, steht Robert vor der offenen Haustür, den Schlüssel in der Hand. Er zögert, geht dann doch noch einmal hinein, durch das Wohnzimmer ins Schlafzimmer. Das Bild, das über dem Bett hängt. Er betrachtet es eine Weile, dann nimmt er es von der Wand, steckt es in seinen Rucksack, schließt die Haustür und fährt mit dem Fahrrad davon. Vielleicht, denkt er, wird sie dieses Haus nie wieder betreten. Wer in ihrem Alter ins Krankenhaus kommt, das weiß er inzwischen, kommt selten nach Haus zurück. Wie die Frau Weyershaus neulich, die sich das Schlüsselbein gebrochen hatte. Eine harmlose Sache eigentlich, aber drei Wochen, nachdem sie ins Krankenhaus gekommen war, war sie tot.

7

ROSENDUFT. Edith Markmann steht im Garten über den Rosenstrauch gebeugt, ihr verhärmtes Gesicht wie von innen erleuchtet. Schön ist sie nicht, ist es vielleicht nie gewesen, aber jetzt, in der Morgensonne am Rosenstrauch, liegt eine Ahnung von Schönheit auf ihrem Gesicht. Sie fühlt es, braucht keinen Spiegel, einen Augenblick lang fühlt sie, dass auch sie schön sein könnte. Wie ein Schmerz ist das, wie ein süßer Schmerz. Die Augen geschlossen, steht sie ganz still, atmet den Duft, die Sonne, das frische Grün. Neunundvierzig ist sie, sechs Jahre jünger als ihr Mann, andere Frauen fangen in diesem Alter noch einmal ein neues Leben an.

Ihren Mann hat sie geheiratet, als sie dreißig war. Da war sie schon geschieden und arbeitete bei der *Stahlbau* im Büro. Rechte Hand des Personalchefs. Auf einer Betriebsfeier lernte sie Egon Markmann kennen, auch er geschieden und ohne Kinder wie sie. Als sie schwanger wurde, haben sie geheiratet. Kurz vor Roberts Geburt hat sie bei der *Stahlbau* gekündigt, verzichtete auf den ihr zustehenden Mutterschaftsurlaub. Nur noch Hausfrau und Mutter. Egon hatte das so gewollt, und ihr hatte das damals eingeleuchtet. Wieso eigentlich?

Zwei Jahre später zogen sie in das Haus in der Bredowstraße. Vorher hatten sie es aufwendig umgebaut, Dachgauben, verglaste Veranda. Einen Großteil der Arbeit hatte Egon selbst erledigt. Ein Jahr lang jedes Wochenende, im Sommer dazu immer noch zwei, drei Stunden nach Feierabend auf der Baustelle. Als sie nach der ersten Nacht im eigenen Haus auf der Veranda standen und in den Garten blickten, waren sie fast betäubt vor Glück. Sie waren eine glückliche Familie, so glücklich, wie man sein kann, wenn der Mann viele Überstunden machen muss, um die monatlichen Raten für die Bausparkasse zahlen zu können. Bis Egon den Unfall hatte und in Frühpension geschickt wurde. Seitdem arbeitet sie wieder, als Kassiererin zuerst bei *Tengelmann*, dann bei *Aldi,* seit einem Jahr bei einer Gebäudereinigungsfirma.

Jeden Tag verlässt sie kurz vor vier Uhr nachmittags das Haus und kommt am Abend um zehn Uhr zurück. Nur am Sonntag nicht. Egons Rente und das Geld, das sie verdient, davon können sie leben, trotz der monatlichen Raten für Zins und Tilgung des Bauspardarlehens. Geld ist für die Markmanns nicht das größte Problem, jedenfalls keines, das unlösbar wäre. Edith weiß auch nicht, wieso seit drei Jahren alles auf einmal anders ist. Sie erklärt es sich damit, dass ihr Mann sich noch immer nicht ganz von dem Schlaganfall erholt hat, der nach Auskunft der Ärzte den Unfall damals ausgelöst hat. Sein Blutdruck ist zu hoch, so viel ist sicher, und das macht ihn reizbar und unzufrieden. Sie hat Angst, dass er, wenn er sich aufregt, einen zweiten Schlaganfall bekommt und dass er dann womöglich gar nicht mehr gesund wird.

Sie streift die Badeschlappen ab, nimmt sie in die Hand und geht mit bloßen Füßen über den taunassen Rasen zum Haus zurück. Die prickelnde Kühle ruft alle ihre Sinne wach. Für einen Moment fällt alles von ihr ab, was sie bedrückt. Sie hat das Gefühl zu schweben, in einem Zustand seliger Verwirrung setzt sie Fuß vor Fuß, gleitet über die Spitzen der Grashalme dahin. Ihr ist, als sei ihr ganzer Körper porös, als ginge die Morgenluft durch ihn hindurch. Vor der Treppe zur Veranda bleibt sie einen Augenblick stehen, sie muss sich sammeln, bevor sie ins Haus zurückkehrt. Erst als sie den Kopf hebt, um die Stufen zur Veranda hinaufzusteigen, sieht sie ihren Mann auf der Schwelle der Wohnzimmertür, im weißen Bademantel, das früher fast schwarze, jetzt ergrauende Haar noch vom Schlaf zerzaust, in seinen Augen ein kindliches Staunen.
Sie stutzt, steht einen Augenblick da wie ertappt. Dann lässt sie die Badeschlappen auf den Boden fallen und schlüpft mit den Füßen hinein. Sie steigt die Stufen hinauf, will an ihrem Mann vorbei ins Haus, aber als sie näher kommt, streckt er eine Hand aus, betastet ihr Gesicht, als wolle auch er fühlen, was sie gefühlt hat, als sie sich über den Rosenstrauch beugte. Er zieht sie an sich, küsst sie auf die Stirn. Sie wehrt sich nicht, aber in ihrem Körper ist ein Widerstand, eine kurze, fast unmerkliche Verhärtung des Rückens, der Glieder, die sie am liebsten ungeschehen machen würde. Sie schmiegt sich an ihn, aber da ist die Verhärtung schon auf ihn übergesprungen. Ein, zwei

Minuten lang stehen sie noch da im Glanz des Morgens wie eben erst angekommen auf der Welt, schüchtern, atemlos, zwei Anfänger im Leben und in der Liebe. Dann dreht er sich abrupt um und geht ins Haus.

8

ROBERT WAR BEI HERRN MEINERTZ und bei Frau Welach. Es war wie immer.
Herr Meinertz scherzte, erzählte Geschichten aus seiner Zeit als Gerichtsvollzieher, aber dann, urplötzlich, bekam er einen Wutanfall, als Robert lange nicht begriff, dass er ihm seine ärmellose Weste reichen sollte, die über die Lehne eines Stuhls gehängt war. Frau Welach lag im Wohnzimmer auf der Couch, »ganz erschossen«, wie sie sagte, weil sie dem Mann von der Sanitärfirma, der den tropfenden Wasserhahn ausgebessert hatte, alles hatte erklären müssen, sogar in den Keller hatte sie mit ihm gehen müssen, weil im Verschlag das Licht kaputt war und er im Dunkeln den Hahn nicht finden konnte, um das Wasser abzudrehen. Robert saugte den Teppich im Wohnzimmer, goss die Blumen, räumte das Frühstücksgeschirr in die Spülmaschine und trug den Müll zur Tonne im Hof.

Jetzt hat er Mittagspause. Er sitzt auf der Parkbank, isst das Brot, das ihm die Mutter heute Morgen in den Rucksack gepackt hat, trinkt aus der Thermoskanne Kaffee. Nach der Mittagspause kommt der angenehmere Teil des Tages. Er wird zu Frau Klein fahren, im Supermarkt für sie einkaufen, sich ein wenig mit ihr unterhalten über die Klatschgeschichten, die sie in der Zeitschrift gelesen hat – Ist das nicht schrecklich, diese

beiden jungen Burschen, die diesen Bohlen ausgeraubt haben? –, und dann wird er Frau Sternheim besuchen, um ihr vorzulesen. Aber vorher muss er noch ins Krankenhaus.
Robert wirft den Rest seines Brotes den Enten hin, steckt die Thermosflasche in den Rucksack zurück und schwingt sich aufs Rad. Das Krankenhaus ist nicht weit von Frau Kleins Wohnung entfernt. Wenn er sich beeilt, kann er es schaffen. Außerdem nähme es Frau Klein ihm sicher nicht übel, wenn er um einige Minuten zu spät bei ihr ankäme. An der Pforte des Krankenhauses fragt er nach der Station, auf der Frau Abel liegt: im zweiten Stock links. Das Zimmer der Stationsschwester ist leer, er wartet auf dem Flur, überlegt, ob es vielleicht genügt, einen Zettel zu schreiben, verwirft die Idee, wartet weiter, die Zeit verrinnt.
Dann endlich kommt die Schwester, eine freundliche, junge Frau.
Sie wollen zu mir?
Robert kramt aus seinem Rucksack das Bild hervor.
Die Frau Abel, sagt er, mit dem gebrochenen Arm, die heute hier eingeliefert wurde …
Ja?
Können Sie dieses Bild vielleicht über ihr Bett hängen?
Die Schwester nimmt es, betrachtet es interessiert.
Sie sind ihr Enkel?
Nein, ich bin von der Altenhilfe. Zivi. Ich habe sie heute Morgen in ihrer Wohnung gefunden.
Die Schwester hält immer noch das Bild in der Hand und betrachtet es.

Das ist sie, nicht wahr, sagt sie und zeigt auf das Mädchen zwischen den beiden Schnurrbärtigen.
Ja, sagt Robert, ja, das ist sie. Und dann fügt er, obwohl er das eigentlich gar nicht so genau wissen kann, hinzu: Sie war einmal eine berühmte Trapezkünstlerin.

9

ICH HABE TEE GEMACHT. Sie trinken doch Tee?
Frau Sternheim geht mit ihren kleinen, tastenden Schritten in die Küche, erscheint gleich darauf mit einem Tablett wieder in der Tür. Robert springt hinzu, nimmt es ihr ab, stellt es auf das zierliche Tischchen.
Was haben Sie sich heute für mich ausgedacht, fragt sie, als sie sich gegenübersitzen. Sie beugt sich vor, tastet nach seiner Tasse, schenkt ihm Tee ein.
Nehmen Sie Zucker? Mir hat der Arzt Zucker verboten, und Sacharin mag ich nicht.
Ihre Hand zittert ein wenig, als sie erst ihm, dann sich selbst Tee eingießt. Nun, sagt sie dann. Was bieten Sie mir heute?
Wenn Sie wollen, lese ich da weiter, wo wir das letzte Mal aufgehört haben.
Gut, sagt sie. Dazu setze ich mich dann nachher in meinen Lesesessel. Aber zuerst trinken wir unseren Tee.
Sie nimmt einen kleinen Schluck aus ihrer Tasse, nickt, als müsse sie bestätigen, dass es sich tatsächlich um Tee handelt, und sagt dann abrupt: Was ist Ihr Lebensplan, junger Mann?
Robert erschrickt, fühlt sich überrumpelt, hat er richtig gehört: mein Lebensplan?
Ja, sagt sie. Sie werden doch eine Vorstellung davon haben, was Sie mit Ihrem Leben anfangen wollen.
Er sei noch unschlüssig, antwortet Robert, habe noch

gar nicht richtig darüber nachgedacht. Jetzt leiste er zunächst einmal seinen Zivildienst ab, das dauere ja fast noch ein Dreivierteljahr, und dann ...
Was möchten Sie denn gern machen?
Was ich möchte? ... Mein Vater und meine Mutter ...
Sie unterbricht ihn, lässt ihn nicht aus: Was *Sie* möchten.
Robert nimmt einen Schluck Tee, holt Luft, nimmt noch einen Schluck.
Ich?
Er wirft einen Blick zu ihr hinüber, sieht, dass sie mit gespannter Aufmerksamkeit auf seine Antwort wartet. Was soll er auf ihre Frage antworten, er weiß es ja selbst nicht. Bei der Berufsberatung kurz vor dem Abitur hat er angegeben, dass er Ingenieur werden wolle. Maschinenbau. Er weiß nicht, wie dieser Berufswunsch in seinen Kopf geraten ist. Er weiß nicht einmal, ob es überhaupt sein Wunsch ist.
Ich möchte Maschinenbau studieren, sagt er.
Maschinenbau.
Sie spricht das Wort aus, als wäre es ein Schlusswort, ein Wort, das alle weiteren Fragen überflüssig macht. Aber dann fragt sie doch noch: Das ist Ihr Herzenswunsch?
Ja, sagt Robert.
Sehr überzeugend klingt das nicht, aber sie scheint es zu akzeptieren. Sie sitzen sich eine Weile schweigend gegenüber und trinken ihren Tee. Maschinenbau. Das Wort kreist in Roberts Kopf. Auf einmal hat es einen merkwürdigen Klang, fremd klingt es, exotisch: Maschi-

nenbau. Bisher war es ein ganz normales Wort, klar, eindeutig, aber jetzt kommt es ihm vor, als habe es eine von ihm übersehene Nebenbedeutung, als klinge darin etwas an, was ihn irritiert, etwas Fremdes, ein falscher Ton. Nach einer Weile steht Frau Sternheim auf, geht hinüber zu dem großen Ohrensessel, setzt sich, schlägt die Beine übereinander, lehnt den Kopf erwartungsvoll zurück.

Nun, junger Mann?

Robert stellt die Teetasse ab, geht zum Regal, zieht nach kurzem Suchen das Buch heraus, aus dem er das letzte Mal vorgelesen hat. Er setzt sich ihr gegenüber mit dem Rücken zu den Fenstern, schlägt das Buch an der Stelle auf, wo er das Lesezeichen eingelegt hat, und beginnt.

In alten Zeiten und in längst entschwundenen Vergangenheiten lebte einmal ein Sultan von Indien. Der hatte drei Söhne; der älteste hieß Prinz Husain, der zweite Prinz Ali, der dritte Prinz Ahmed. Robert tastet sich mit den Augen die Zeilen entlang wie ein Fährtenleser. Die fremden Namen, die blumige Sprache, all das ist ihm ein wenig unheimlich, zögernd nur nimmt er die Wörter in den Mund, schmeckt sie, prüft ihre Konsistenz, formt, modelliert sie, der Klang seiner eigenen Stimme ist ihm zugleich vertraut und fremd. Wie eine Wolke schwebt er über ihm.

Aber sobald er die Wörter ausgesprochen und zu Sätzen gereiht hat, leuchten in Roberts Kopf die Bilder auf, *er* ist es, der diese phantastische Reise unternimmt, *zu Wasser und zu Lande, durch wüste Wildnisse und steinige Steppen, dichte Dschungel und fruchtbare*

Landstriche, mit Feldern und Weilern, mit Gärten und Städten ins Land Bischangarh. Er ist es, der über die Basare streift, seine Hände über Seidenstoffe, Brokate, Satins, über goldene und silberne Gefäße, geschmückt mit Diamanten, Rubinen und Smaragden, gleiten lässt. Und als er schließlich den fliegenden Teppich erworben und sich mitsamt seinem Gefolge in die Luft erhoben hat, um zu dem vereinbarten Treffpunkt zu fliegen, wo er sich mit seinen Brüdern vereinigen wird, da macht Robert eine kurze Pause, weil er das Gefühl hat, dass ihm schwindelig wird von der sausenden Fahrt.

Er will gerade weiterlesen: *Vernimm nun, o glücklicher König, was Prinz Ali, der ältere von den beiden Brüdern des Prinzen Husain, erlebte,* da spürt er ihren forschenden Blick auf sich ruhen. Er schaut auf, bemerkt, dass das feine Lächeln auf ihrem Gesicht verschwunden ist.

Robert? Sie heißen doch Robert?

Ja, sagt er.

Sind Sie glücklich, Robert?

Was für eine Frage? Soll er sie einfach überhören? Solch eine Frage darf man ihm nicht stellen, niemand hat das Recht, eine solche Frage an ihn zu richten. Robert spürt, wie ihm das Blut in die Wangen schießt. Er ist wütend auf die alte Frau, auf sich selbst. Was will sie mit diesen Fragen? Warum müssen ihn immer alle mit ihren Fragen bedrängen? Er hat auch so schon genug damit zu tun, sich im Leben zurechtzufinden. Es geht

sie nichts an, ob er glücklich ist oder nicht. Was soll das überhaupt heißen: Sind Sie glücklich, Robert? Glück. Sie soll ihn in Ruhe lassen. Er ist hier, um ihr vorzulesen, nicht um sich ausfragen zu lassen.
Ich lese gern vor, sagt er. Und als sie daraufhin nichts erwidert, da liest er den Satz, den er zu lesen ansetzte, als sie ihn unterbrach, liest ihn seltsam gepresst, wie mit unterdrückter Wut: *Vernimm nun, o glücklicher König …*, und fährt gleich fort, hastig, die Wörter hervorstoßend, mit der Geschichte vom Prinzen Ali, den es nach der Stadt Schiras in Persien verschlägt, wo er auf dem Basar ein wundersames Fernrohr aus Elfenbein ersteht, mit dem man alles sehen kann, was man zu sehen wünscht, und sei es noch so weit entfernt und hinter noch so dicken Mauern verborgen.
Punkt fünf klappt er das Buch zu, legt das Lesezeichen hinein, stellt es zurück ins Regal.
Heute muss ich wirklich pünktlich sein, sagt er zu der alten Frau, die im Sessel sitzt, als schlafe sie mit offenen Augen. Sonst kriege ich zu Hause wieder Ärger.
Er ist an der Tür, bevor sie etwas antworten kann. Als die Wohnungstür zuschlägt, seufzt sie, erhebt sich, tritt ans Fenster. Sie schaut ihm nach, sieht aus der Entfernung schemenhaft, wie er mit dem Fahrrad die Straße entlang davonfährt. Eine Flucht, denkt sie. Es ist eine Flucht.

10

ALS DAS LICHT AUFFLAMMT, liegt der Flur wie ein enger Trichter vor ihr. Links die Glasfront, rechts die lange Reihe der Türen. Wieder spürt sie für einen kurzen Moment den Sog, der sie in den Trichter hineinzieht bis zu jenem fernen Punkt, wo der Raum sich auflöst und sie sich mit ihm, wo alles nur noch schwebende, kalte Stille ist. Das gleißende Licht der Neonröhren, die glänzende Schwärze der Glasfront. Immer kostet es sie Überwindung, den ersten Schritt zu tun, aber dann, wenn er getan ist, geht sie tapfer wie Alice im Wunderland den ganzen langen Flur entlang bis zur allerletzten Tür. Sie nimmt den Schlüssel mit der gelben Kappe, schließt auf, macht Licht: die Gerätekammer. Staubsauger, Bohnermaschine, Scheuersauger nebeneinander auf dem Boden, Putzmittel, Staublappen und Schwammtücher im Regal.

Der Pförtner unten kann auf seinen Bildschirmen nicht nur den Eingangsbereich, sondern auch das Treppenhaus und alle Flure einsehen. Seit Edith das weiß, trägt sie unter dem kurzen Arbeitskittel, den die Firma zur Verfügung stellt, immer eine Jeans. Trotzdem ist ihr nicht wohl, weil sie sich beobachtet fühlt. Sie füllt das Reinigungsmittel ein, gießt mit der Gießkanne Wasser nach, schiebt den Scheuersauger auf den Flur hinaus, steckt den Stecker in die Steckdose unten neben der Tür. Der leise heulende Ton, das sanfte Vibrieren. Sie

zieht eine glänzende Spur über den Kunststoffbelag des Flurs. Hier und da schwarze Streifen, die die Maschine nicht schafft. Dann greift Edith zu einer der Plastikflaschen, die in Halterungen vorn an der Maschine festgeklemmt sind, geht auf die Knie und reibt mit einem Lappen, bis sie weg sind.
Sie trägt Gummihandschuhe, in denen man unangenehm schwitzt. Das ist Vorschrift wegen der Putzmittel, die Verätzungen und Hautausschlag verursachen können. Wenn sie die Büros staubsaugt, zieht sie sie trotzdem aus. In die Büros kann der Pförtner in seiner Loge nicht hineinsehen. Sie hat fünf Stunden Zeit für den Flur und für sechzehn Büros. Die Fenster braucht sie nicht zu putzen, aber die Fensterbänke, Schreibtische und Aktenschränke. Auch die Telefone und Computer wischt sie ab, leert die Papierkörbe und die Aschenbecher aus. Eine Pause von zwanzig Minuten steht ihr zu. Dafür steht ein Tischchen und ein Stuhl in der Gerätekammer bereit. Aber Edith macht keine Pause, weil sie sonst nicht fertig ist, wenn der Kleinbus kommt, um sie abzuholen und nach Hause zu bringen.
Die Büros haben Verbindungstüren, die nicht verschlossen werden. Nur in der Mitte das Zimmer des Chefs und das dazugehörige Vorzimmer muss sie vom Flur aus betreten. Sieben Büros auf der einen und sieben Büros auf der anderen Seite, und in der Mitte die zwei Zimmer des Chefs, Edith hat sich ihre Zeit genau eingeteilt: zwei Stunden für je sieben Büros, das macht 17 Minuten pro Büro, für das Chefzimmer, wo der verglas-

te Bücherschrank, die Couch und die zwei Sessel mehr Arbeit machen, hat sie etwas mehr Zeit eingeplant: fünfundzwanzig Minuten für das Chefzimmer, fünfzehn für das Vorzimmer. Dazu kommen zwanzig Minuten für den Flur. Wenn der Fußboden keine hartnäckigen Streifen aufweist, kann sie den Flur in fünfzehn Minuten schaffen. Dann hat sie pro Büro fast achtzehn Minuten Zeit.
Herr Wessels, der Besitzer der Reinigungsfirma, fährt selbst den Kleinbus, der die Frauen abholt und wieder nach Haus bringt. Nach der Arbeit bekommt Frau Markmann ihr Geld von ihm persönlich in bar überreicht. Bevor sie aus dem Bus steigt, reicht er ihr den Umschlag mit fünfunddreißig Euro.
Ob Sie das dem Finanzamt melden, hat er ihr beim ersten Mal gesagt, geht mich nichts an. Bei mir jedenfalls ist alles legal.
Edith besprach sich mit ihrem Mann, aber der war in dieser Angelegenheit keine große Hilfe. Mich musst du da nicht fragen, sagte er. Ich hab dich nicht zu diesem Halsabschneider geschickt.
Und was heißt das nun? Muss ich das nun beim Finanzamt melden oder nicht?
Egon zuckte mit den Achseln und sie schloss daraus, dass es wohl nicht nötig sei. Aber ein schlechtes Gewissen hat sie doch. Und weil sie ein schlechtes Gewissen hat, ist sie Herrn Wessels besonders dankbar für jeden Umschlag, den er ihr gibt.
Edith ist mit dem ersten Büro fertig. Sie hat den Stecker des Staubsaugers in die Steckdose neben der Verbin-

dungstür gesteckt, sodass das Kabel auch für das angrenzende Büro reicht. Auf diese Weise braucht sie den Stecker nur jedes zweite Mal umzustecken. Das spart Zeit. Sie arbeitet zügig, nicht hastig, sie weiß, dass sie unter der ihr zur Verfügung stehenden Zeit liegt. Eigentlich brauchte sie nicht auf die Uhr zu schauen. Sie schaut dann aber doch, stellt fest, dass sie mehr als zwei Minuten eingespart hat. Sie wird es wieder schaffen, rechtzeitig fertig zu sein, wird den blauen Müllsack in den Container auf dem Hof werfen, die Schlüssel beim Pförtner abgeben und vor dem Gebäude warten, bis Herr Wessels mit dem Bus vorfährt. Erst wenn sie zu Haus ist, wird sie merken, dass ihr Rücken schmerzt und ihre Beine schwer wie Blei sind.

Aber bis dahin sind es fast noch viereinhalb Stunden, viereinhalb Stunden, die sie allein in dieser leeren Helle zubringt. Eingehüllt in das Geräusch des Staubsaugers, dringt sie von Raum zu Raum immer weiter vor, traumhaft sicher ihre Handgriffe, als würde sie von einer unsichtbaren Kommandozentrale geleitet. Es ist wie eine Trance, mit dem Staubsauger fährt sie über die Teppichböden, sie leert Papierkörbe und Aschenbecher, wischt über Schreibtischoberflächen und Fensterbänke, und währenddessen gleiten die Gedanken durch ihren Kopf, rückwärtsgewandte, besonnte Gedanken, ruhig dahinfließend wie ein mäandernder Strom: der Mann, der Sohn, das Haus, der Garten, der Ausflug an den Mittellandkanal, Roberts fünfter Geburtstag, seine leuchtenden Augen, als er den Roller mit den Gummireifen sah, die nächtliche Zugfahrt nach Verona, der

Augenblick, als sie die Verdunklung des Abteilfensters nach oben schob und das Land in der Morgenpracht vor ihr lag, das Wohnzimmer im Halbdunkel, das Feuer im Kamin, im Flur die Stimmen ihres Mannes und ihres Sohnes, die vom Sportplatz heimkommen, und draußen vor den Fenstern matt glänzend der erste Schnee.
Das ist der Vorrat, von dem sie zehrt, die immer wieder beschworenen Bilder vergangenen Glücks. Wie lange kann man davon leben? Lange, sehr lange, wenn man die Hoffnung nicht verliert, dass, was einst möglich war, vielleicht irgendwann wieder möglich sein wird. Vielleicht auch dann noch, wenn es diese Hoffnung nicht mehr gibt. Es sind Stunden wehmütigen Glücks, die Frau Markmann hier in der leeren Helle der Büros zubringt. Wenn Herr Wessels es ahnte, er würde ihr womöglich in Zukunft ein paar Euro weniger in den Umschlag stecken.

11

DAS GANZE HAUS RIECHT nach frischer Farbe. Der Vater hat in der Küche Bratkartoffeln und Spiegeleier bereitet. Jetzt sitzen sie vor dem Fernseher im Wohnzimmer, Vater und Sohn, essen, trinken Bier und schauen dem Fußballspiel zu. Willst du auch ein Bier, hat der Vater gefragt, und Robert hat zu seiner eigenen Überraschung, vielleicht auch zu der des Vaters, ja gesagt. Jetzt hat der Vater schon die dritte Flasche getrunken und Robert macht sich gerade die zweite auf, und das Spiel ist so schlecht wie immer in letzter Zeit, wenn die Nationalmannschaft antritt, so schlecht, dass der Vater vor Verzweiflung immer tiefer in den Sessel rutscht und am Ende nur noch höhnisch lacht.
Hast du das gesehen? Die wissen doch gar nicht, wie das geht. Warum sagt dem denn keiner, dass er mit dem Fuß gegen den Ball treten muss?
Den ganzen Nachmittag hat der Vater die Veranda gestrichen, und Robert hat ihm dabei geholfen, als er um Viertel nach fünf von Frau Sternheim heimkam. Schweigend hat er den zweiten Pinsel genommen und begonnen, die Außenseite der Balustrade weiß anzustreichen, während der Vater, mit einem Hut auf dem Kopf auf dem Tisch stehend, die Holzverkleidung der Decke lackierte. Irgendwann waren sie fertig, und als sie ihre Overalls auszogen und in den Korb neben die

Waschmaschine legten, sagte der Vater: Ich mach für uns Bratkartoffeln mit Spiegelei. Und dann schauen wir uns das Fußballspiel an.
Als die Mutter kommt, ist das Spiel gerade aus und der Bundestrainer versucht im Interview zu erklären, warum es trotz allem ein gutes Spiel war.
Willst du den Scheiß hören, fragt der Vater. Als Robert den Kopf schüttelt, schaltet er den Fernseher aus. Frau Markmann hängt den Mantel in der Flurgarderobe auf einen Bügel und lässt sich in einen Sessel fallen. Puh, sagt sie. Jetzt brauch ich auch erst mal ein Glas Bier.
Während Robert ein Glas holt und ihr einschenkt, lässt sie den Blick über den Tisch streifen: die geleerten Bierflaschen, die abgegessenen Teller, die große Ketchup-Flasche.
Wie war das Spiel, fragt sie.
Beschissen wie immer, sagt der Vater, aber besonders traurig scheint er darüber nicht zu sein, und Robert sagt: Wenn sie in der neunundachtzigsten Minute nicht einen Elfmeter geschenkt bekommen hätten, hätten sie schon wieder verloren.
Frau Markmann ist glücklich, müde und glücklich. Am liebsten würde sie ihre beiden Männer in die Arme schließen, so glücklich ist sie, sie hier nebeneinandersitzen zu sehen und zu hören, wie sie sich gegenseitig bestätigen, ein miserables Fußballspiel gesehen zu haben. Aber sie weiß, dass sie vorsichtig sein muss, damit sie das spröde Glück nicht gefährdet. Darum nimmt sie nur einen Schluck aus ihrem Glas, schließt

die Augen, überlässt sich für einen Augenblick der wohligen Erschöpfung.
Und die Veranda?, fragt sie dann.
Fertig, sagt Robert.
Müssen morgen nur noch die Sachen wieder hinräumen, sagt der Vater.
Sie sitzen eine Weile schweigend da. Dann steht der Vater ächzend auf, geht in die Küche, kommt mit einem Tablett zurück und stellt die Teller und die Bierflaschen darauf.
Ach, lass doch, sagt die Mutter. Wir sitzen doch grad so schön.
Aber das hält der Vater nicht aus, einfach so dazusitzen und nichts zu tun, nicht einmal fernzusehen. Während er das Tablett in die Küche trägt, öffnet Edith ihre Handtasche und nimmt den Umschlag heraus, den ihr Herr Wessels gegeben hat: fünfunddreißig Euro. Sie betrachtet das Geld eine Weile, steckt dann fünfzehn Euro in ihr Portemonnaie, hält die restlichen zwanzig in der Hand, zögert, steht schließlich auf und geht zur Kommode hinüber. Aus der obersten Schublade holt sie eine kleine, abschließbare, schwarze Kassette hervor, öffnet sie und will gerade das Geld hineinlegen, als ihr Mann aus der Küche zurückkommt.
Was machst du denn mit dem Geld, fragt er.
Sie dreht sich um, schmunzelt, arglos ist sie und ein wenig aufgekratzt: Die zwanzig Euro kommen in meine Urlaubskasse.
Deine Urlaubskasse? Du hast jetzt also auch schon eine eigene Urlaubskasse.

Erst jetzt bemerkt sie die Gefahr, spürt auf einmal erschrocken, was sie eigentlich aus Erfahrung weiß, dass das trügerische Bild der Harmonie jederzeit zerspringen kann.

Sie: Das hab ich doch nur so gesagt. Natürlich ist das für uns alle. Für unseren Urlaub.

Er: Ich brauche keinen Urlaub. Ich hab jeden Tag Urlaub.

Ein Ton wie splitterndes Holz. Robert kennt den Ton, er weiß, was es bedeutet, wenn in der Stimme des Vaters plötzlich dieses Knistern zu hören ist. Er sitzt da, gespannt, leicht nach vorn gebeugt, auf der vorderen Kante des Sessels sitzt er, als wolle er im nächsten Augenblick aufspringen und davonlaufen.

Du arbeitest doch den ganzen Tag, sagt die Mutter. Du musst mal raus, mal ausspannen, mal was anderes sehen. Warum fahren wir nicht mal wieder nach Italien wie früher? Alle drei.

Und die neue Heizung? Wenn der Winter kommt, brauchen wir eine neue Heizung. Wovon, bitte schön, willst du die bezahlen?

Das ist das Schlimmste, dass es keinerlei Sicherheit gibt, dass es jederzeit losbrechen kann. Eben noch waren sie, wortlos fast, vereint, Vater und Sohn. Vielleicht hätten sie den Fernseher anlassen sollen, vielleicht hätten sie einfach dasitzen und sich über den Bundestrainer ärgern sollen, dann wäre die Mutter nicht auf den Urlaub zu sprechen gekommen und der Vater hätte nicht schon wieder mit der Heizung angefangen und wie sie die bezahlen sollen. Aber jetzt wird die Mutter sagen, dass es die alte Heizung auch noch tue und dass sie auch einmal Urlaub machen möchte wie alle anderen, dass er den Urlaub am dringendsten brauche, weil er ja zu Haus nicht ausspannen könne, weil er tagein, tagaus im Haus und im Garten arbeite. Sie wird sagen, dass er nicht immer so schwarzsehen solle, dass sie das mit der Heizung schon irgendwie hinbekommen werden, und er wird sagen: Irgendwie! Du sagst immer nur: irgendwie! Aber *wie* es gehen soll, das sagst du nicht.

Das mit der Heizung, sagt sie, das kriegen wir schon irgendwie hin.

Irgendwie! Irgendwie! Schnaufend geht der Vater im Wohnzimmer auf und ab. Wie denn, bitte schön? Weißt du überhaupt, was so eine neue Heizung kostet? Hast du dir darüber überhaupt schon mal Gedanken gemacht?

Ich geh noch mal kurz ins *Schock*, sagt Robert und ist schon an der Wohnzimmertür.

Robert, ruft die Mutter ihm nach. Er hört ihrer Stimme die Verzweiflung an, die Verzweiflung darüber, dass das kurze Glück schon wieder vorbei ist. Bleib nicht so lang, Robert!

Aber er kann ihr nicht helfen, will es nicht. Er hasst sie dafür, dass sie wieder mit dem Urlaub angefangen hat, dass sie ihm ein schlechtes Gewissen macht, wenn er jetzt geht, er hasst sie für ihre Hilflosigkeit, für den flehenden Blick, für den Klang ihrer versagenden Stimme.

Ich bin in einer Stunde wieder da, sagt er und geht hinaus.

12

IM *SCHOCK* DRÖHNEND LAUTE Reggaemusik, die Luft ist zum Schneiden. An der hinteren Ecke der Theke stehen Andy und Tom.
Hi, sagt Robert.
Tom hebt zum Gruß die Hand, Andy schaut kurz auf, schlägt die Augen gleich wieder nieder und starrt in sein Bier.
Was is ’n los?, fragt Robert.
An Andys Stelle antwortet Tom: Stress mit Marita.
I wanna k – i – s – s kiss you, because I l – o – v – e love you … Der Lautsprecher ist direkt über ihren Köpfen an der Wand angebracht, wie ein dichter, pulsierender Nebel senkt sich die Musik auf sie herab, hüllt sie ein, macht sie unsichtbar, unsichtbar und unverwundbar. *No matter what they do, no matter what they say* … Um sie herum Gedränge, Stimmen, Gesichter, weiter hinten auf der Tanzfläche flackernde Lichtblitze und zuckende Schatten.
Willst du ’n Bier? Ich geb dir ’n Bier aus, sagt Andy.
Seine brüchige Stimme, sein wehmütiges Lächeln. Das ist ein anderer Andy heute. Weicher, irgendwie schutzbedürftig.
Klar, sagt Robert, und für einen Moment denkt er, dass es vielleicht richtig wäre, den Arm um Andys Schultern zu legen.
Momo steht hinter der Theke. Er hat Rastalocken und

trägt ein olivfarbenes T-Shirt. Momo ist aus Recklinghausen, sieht aber aus, als käme er direkt aus der Karibik. Er schiebt drei Biere über die Theke, grinst, Andy hebt sein Glas, sie trinken, wischen sich mit der Linken den Schaum vom Mund. Und auf einmal dieses Glücksgefühl. Robert weiß nicht, woher es rührt, es ist plötzlich da. Plötzlich hat er das Gefühl, hier am richtigen Platz zu sein, ganz selbstverständlich am richtigen Platz. Wenn Frau Sternheim ihn jetzt fragen würde, ob er glücklich ist, er würde vielleicht ja sagen, einfach ja. Aber hier im *Schock* fragt ihn keiner, wie er sich fühlt oder was er denkt oder was sein Lebensplan ist. Hier genügt es, dass er da ist, mit den anderen an der Theke steht, eingehüllt in die Musik wie in ein wärmendes Tuch. Hier braucht er niemand gegenüber Rechenschaft abzulegen für das, was er tut, für das, was er sagt. Wenn seine Mutter ihn morgen früh fragt, wo er gewesen sei, wird er ihr sagen, dass er im *Schock* war, und wenn sie weiter fragt, was er dort gemacht habe, wird er ihr antworten: Nichts weiter. Es hat keinen Sinn, ihr erklären zu wollen, was das ist, wenn sie hier an der hinteren Ecke der Theke nebeneinanderstehen, sich der Musik aussetzen, die aus dem Lautsprecher dringt, dann und wann das Glas heben, sich zunicken, trinken. Das kann sie nicht begreifen, das kann keiner der Erwachsenen begreifen, dass dies hier eine Zuflucht ist, eine lärmende, dröhnende Insel der Zuflucht.
Und dann auf einmal spielen sie tatsächlich Bob Marley *Coming in from the cold.*
He, Alter, sagt Tom. Das ist unser Lied.

Er zieht Andy, der sich sträubt, vielleicht auch nur so tut, lachend hinüber Richtung Tanzfläche. Robert stellt sein Bier ab, mit dem Rücken gegen die Theke gelehnt schaut er eine Weile zu, dann folgt er den beiden auf die Tanzfläche. Andy stellt sich tot, das tut er auch immer, wenn Marita ihn auf die Tanzfläche zieht. Stumm und unbeweglich, mit geschlossenen Augen steht er inmitten der Tanzenden, und wenn alle denken, der ist eingeschlafen oder total bekifft und fällt gleich um, dann krümmt er sich plötzlich, geht in die Hocke, schraubt sich langsam nach oben, stampft mit dem rechten Fuß auf, einmal, zweimal, dreimal. *It's you, it's you, it's you I'm talking to,* singt Bob Marley, singen Andy, Tom und Robert, und: *Why do you look so sad and forsaken? When one door is closed, don't you know other is open?* Andy lacht, ein wehmütiges Lachen ist das, wehmütig und trotzig, sie tanzen zu dritt, eng beieinander, ohne sich zu berühren, tanzen in einer Hülle aus Zellophan, vielleicht sind sie auch auf den Meeresboden gesunken, tanzen da unten im trüben Licht der Tiefe wie geheimnisvolle Wesen, halb Rochen, halb Mensch, und aus ihren Mündern steigen lange Girlanden aus Luftblasen nach oben: *In this life, in this life … Coming in from the cold …*

Robert weiß nicht, wie lange sie getanzt haben. Es ist, als wäre eine Ewigkeit vergangen, als die Musik plötzlich abbricht. Stille. Der DJ auf dem Podium steht auf, reckt sich, geht zur Seite und spricht in sein Handy. Jemand macht das Licht an. Rundherum alles überdeut-

lich, die Dinge, die Menschen, überdeutlich und zugleich unwirklich wie im Traum. Als sähe er zum ersten Mal ihr Wesen, so klar, so nüchtern und doch glänzend vor Bedeutung bieten sie sich Roberts Augen dar. Und dann mit schneidender Schärfe der Gedanke oder vielmehr das Gefühl: Die Welt, in der ich lebe, ist nicht die ganze Welt, was vor Augen liegt, ist das eine, aber da ist noch etwas anderes, eine andere Welt, die sich in meinem Hinterkopf ins Unendliche dehnt.
Die Tanzfläche leert sich. Robert schaut sich um, die Freunde schon auf dem Weg zurück zur Theke, er dreht sich um, will ihnen folgen.
Hallo!
Vor ihm steht ein Mädchen, eine junge Frau, fast so groß wie er, lange schwarze Haare, dunkle Augen, unglaublich große, dunkle Augen.
Hallo, sagt Robert.
Wie heißt du, sagt das Mädchen.
Robert, sagt er.
Ich heiße Fari.
Fari?
Warum steht sie immer noch da und schaut ihn an mit ihren Märchenbuchaugen? Ist da nicht ein spöttisches Funkeln in ihnen? Die Tanzfläche ist mittlerweile fast leer, alle drängen durch die Tür nach draußen auf die Straße. Sie stehen sich gegenüber, wie ausgestellt im hellen Licht, und Robert denkt, dass er das eigentlich nicht will, hier stehen und sie anschauen und nichts sagen können.
Das ist ein iranischer Name, sagt sie. Eigentlich Farideh.

Aber alle nennen mich Fari.
Fari, Farideh. Der Name klingt in ihm nach, als wecke er eine Erinnerung, und auf einmal sagt er doch noch etwas, etwas, was er eigentlich gar nicht sagen will, was ihm hinterher auch gleich albern und peinlich vorkommt. Er sagt: Kennst du die Geschichten aus Tausendundeiner Nacht?
Ja, sagt sie. Magst du sie?
Ich lese sie einer alten Dame vor, sagt er. Sie ist fast blind.
Sie nickt, als wollte sie sagen, dass sie genau das von ihm erwartet habe: dass er einer alten, fast blinden Dame Geschichten vorliest. Diese Geschichten. Was soll er noch sagen? Er schaut sich hilfesuchend um, blickt zur Theke hinüber, wo Tom und Andy sich jetzt nach ihm umdrehen und ihm winken. Sie rufen ihm etwas zu, was er nicht versteht, und sie steht immer noch da und schaut ihn an, als erwarte sie, dass er noch etwas sagt.
Ich muss mich um meine Kumpel kümmern, sagt er.
Es klingt wie eine Entschuldigung, aber im Grunde ist er froh, einen Vorwand zu haben, das Gespräch abzubrechen.
Ja, sagt sie.
Als Robert wieder bei seinen Freunden an der Theke steht, sagt Andy: Warum hast du sie nicht mitgebracht? Sah doch ganz nett aus, die Kleine.
Ich kenne sie doch gar nicht, sagt Robert.
Und worüber habt ihr gesprochen, wenn du sie gar nicht kennst?, fragt Tom.

Sie hat mich was gefragt.
Was hat sie dich gefragt?
Wie ich heiße, sagt Robert.
Und? Hast du es ihr verraten?
Andy und Tom biegen sich vor Lachen. Robert schaut sich erschrocken um. Wenn sie die beiden so lachen sieht, denkt sie bestimmt, dass sie sich über sie lustig machen. Aber zum Glück ist sie nirgends mehr zu sehen, ist offenbar schon gegangen.
Jetzt brauch ich noch ein Bier, sagt Andy, als er sich endlich wieder gefangen hat. Und weil Andy noch ein Bier braucht, können sie noch nicht gehen, obwohl es schon nach ein Uhr ist und Robert in sechs Stunden wieder aufstehen muss.
Nur ein Bier noch, sagt Andy. Ich fahr dich auch nach Haus.
Das letzte, sagt Momo, als er die Gläser über die Theke schiebt. Ich mach Feierabend.
Als sie schließlich aufbrechen und durch die leere Fußgängerzone zur Sparkasse gehen, wo auf dem Hinterhof Andys Auto steht, ist es schon fast halb drei. Im Auto legt Andy das Reggae-Band ein, und als die Stelle kommt, wo Bob Marley singt: *I want to disturb my neighbour, 'cause I'm feeling so right; I want to turn up my disco, blow them to full watts tonight,* da dreht er das Gerät auf volle Lautstärke, und sie singen alle drei mit, während sie durch die schlafende Stadt fahren.

Die Straßen sind vollkommen leer um diese Zeit. Sie haben die Fenster heruntergekurbelt, der Fahrtwind

kühlt die erhitzten Gesichter: *I want to disturb my neighbour, 'cause I'm feeling so right.* Der Rhythmus der Musik trägt sie durch die Nacht. Sie sitzen im Innern einer Raumkapsel, um sie herum endlose Leere, das Schwarz des Weltraums mit den Lichtpunkten darin, die jeder für sich eine noch unentdeckte Welt bedeuten.
Plötzlich an einer Kreuzung ein Fahrrad, wie aus dem Nichts ist es da. Andy bremst, reißt das Steuer herum, die Reifen quietschen, ein schepperndes Geräusch, kaum zu hören bei der lauten Musik. Sie halten, Andy schaltet die Musik aus, zögernd steigen sie aus. In der plötzlichen Stille stehen sie einen Augenblick wie erstarrt. Zwanzig Meter hinter ihnen unter der Straßenlaterne liegt das Fahrrad, daneben eine Frau im wattierten Anorak, auf dem Pflaster verstreut Zeitungen. Einen Augenblick sind sie gelähmt vor Schreck. Da bewegt sich die Frau, setzt sich auf, schaut sich verwundert um.
Bloß weg hier, sagt Andy. Los, steigt ein! Wenn die die Polizei holt, bin ich dran.
Erst als sie schon wieder im Auto sitzen und fahren, schweigend und ohne Musik, kommt Robert zur Besinnung.
Wir können die Frau doch nicht einfach dort liegen lassen, sagt er.
Aber Andy am Steuer denkt gar nicht daran, anzuhalten und umzukehren. Hast doch gesehen, dass die okay ist, sagt er. Meinst du, ich will meinen Führerschein verlieren?

Robert hat schon den Schlüssel in der Hand, um die Haustür aufzuschließen, da packt ihn auf einmal die Angst. Die Frau mit dem Fahrrad! Was, wenn Andy sich irrt, wenn sie doch verletzt ist? Er steht eine Weile unschlüssig da, dann macht er kehrt, geht schnellen Schritts den Weg zurück, immer schneller geht er, die Bredowstraße entlang, an der alten Brauerei vorbei, dann rechts ab auf den Weidendamm. Schon von Weitem sieht er das Blaulicht an der Kreuzung. Er bleibt stehen, er ist außer Atem, kalter Schweiß steht ihm auf der Stirn. Als er langsam im Schatten der Bäume näher kommt, erkennt er den Krankenwagen. Er hört Stimmen, sieht, wie jemand die Flügeltüren am Heck zuschlägt und der Wagen Richtung Krankenhaus davonfährt.

13

DIE LOHHEIDE. Früher war hier einmal ein großes Munitionslager. Noch Jahre nach Kriegsende lagen in den Bunkern Kisten mit Gewehr- und Flakmunition und Säckchen mit Phosphorstangen und Blättchenpulver herum. Anfang der Fünfzigerjahre wurden die Bunker dann gesprengt und die Baracken abgerissen. Seitdem hat man das Gebiet sich selbst überlassen. Die Wurzeln der Föhren haben die Straßendecken gesprengt, der Asphalt ist aufgeplatzt, Gras wuchert in den Rissen, Ginster und schlanke Birken. Auf den Bunkerhügeln hier und da Lupinen und Klatschmohn, die Eingänge überwuchert von Dornengestrüpp. Kaninchen gibt es hier in großer Zahl und Füchse, auch einen Dachsbau unter den Stahlbetonresten eines Bunkers. Eine verwundete Landschaft, immer noch, geschunden und schutzlos unter dem offenen Himmel.

Wenn es das Wetter erlaubt und Egon Markmann nicht im Haus oder im Garten zu tun hat, streift er manchmal nachmittags durch die Lohheide, folgt mit schwerem, ungleichmäßigem Tritt den schmalen Pfaden, die sich durch das hohe Gras schlängeln, liegt an einer besonnten Böschung im noch winterfahlen Gras und schaut in den Himmel. Das zarte Grün der Birken, ein schüchternes, unstetes Grün, die windzerzausten Föhren, dazwischen Flecken verwaschenen

Blaus – als wäre die Natur jederzeit bereit, diesen Versuch, sich zu behaupten, wieder zurückzunehmen. Nirgends fühlt sich Egon so bei sich wie hier. Vielleicht, weil er im Gesicht dieser kargen Landschaft sich selbst erkennt.

Dieser Unfall vor drei Jahren, der sein Leben veränderte. Immer noch wallt in ihm die Wut auf, wenn er daran denkt, wie sie ihm das mit der Frühverrentung eingeredet haben. Der Betriebsarzt war der Erste, der von Schlaganfall sprach. Sein zu hoher Blutdruck, das Risiko eines erneuten Schlaganfalls, die Arbeit im Lager könne er unter diesen Umständen nicht mehr verrichten. Das sei nicht verantwortbar. Der Hausarzt war nicht bereit, Egon für arbeitsunfähig zu erklären, und in dem Gutachten, das die Berufsgenossenschaft hatte erstellen lassen, hieß es, Egons verminderte Arbeitsfähigkeit könne nicht auf den Unfall selbst, sondern allenfalls auf den Schlaganfall zurückgeführt werden. Auch die partielle Lähmung im rechten Bein. Die vor allem, daran hakten sie sich fest. Also blieb nur die Frühverrentung mit gekürzten Bezügen.
Das jedenfalls behauptete sein Freund Werner, der im Betriebsrat saß. Er riet Egon dringend, das Angebot der Betriebsleitung anzunehmen. Das Unternehmen sei ihm so weit entgegengekommen, wie es eben gehe, sagte er. Er habe alles versucht. Mehr sei nach der Rechtslage einfach nicht drin. Aber in Wirklichkeit, da ist Egon sich sicher, wollten sie ihn nur loswerden, auch der Betriebsrat, weil damals wieder einmal von Entlassun-

gen die Rede war und sie froh waren über jeden, der vorzeitig ging.
Das Flirren der Birkenblätter im Wind, als hätten sie etwas zu erzählen. Er war sich sicher, ist es bis heute, dass es an dem Rohrstück lag, das irgendein Idiot auf den Boden hatte fallen lassen. Er war darauf getreten und hatte den Halt verloren. Um nicht zu stürzen, hatte er sich an die Steuerung der Laufkatze geklammert. Dabei muss er den falschen Knopf gedrückt haben. Jedenfalls kam die ganze Ladung von der Decke runter und riss das Regal mit den schweren Flanschrohren um. Viel hätte nicht gefehlt und es hätte den Kollegen auf dem Gabelstapler erwischt.
Hinterher war das Rohrstück dann nicht zu finden. Vielleicht haben sie auch gar nicht danach gesucht. Oder sie haben es verschwinden lassen, weil es sonst ein Arbeitsunfall gewesen wäre. Als die anderen herbeigelaufen kamen, saß er, ein wenig benommen, auf dem Boden an eine Kiste gelehnt. Werner war es, der darauf bestand, die Ambulanz zu rufen, obwohl Egon beteuerte, es fehle ihm nichts. Aber als er aufstehen wollte, da sackte ihm das rechte Bein weg, und als die Sanitäter kamen, trugen sie ihn trotz seines Protestes auf der Tragbahre zum Krankenwagen. Im Krankenhaus fragte ihn der Arzt, was passiert sei, und er erzählte, er sei auf einem Rohrstück ausgerutscht und hingefallen. Dabei habe er sich das Bein verdreht. Der Arzt untersuchte ihn und ließ ihn wieder gehen. Das mit dem Bein legt sich wieder, sagte er.
Egon Markmann sitzt an den Stamm einer Föhre

gelehnt, mit dem Taschenmesser schnitzt er an einem Stock herum, den er im Vorübergehen aufgelesen hat. Geradezu verbissen schnitzt er Kerben in das trockene Holz, ein ganzes Muster aus Dreiecken, Halbmonden, Spiralen und Schlangenlinien. Als er fertig ist, dreht er den Stock, betrachtet ihn von allen Seiten, und dann, ganz plötzlich, wirft er ihn im hohen Bogen in das Gebüsch aus Ginster und Dornen, das sich vor ihm ausbreitet.

Was ihm zu schaffen macht, ist, dass ihm niemand glaubt. Nicht einmal seine eigene Frau glaubt ihm, dass es kein Schlaganfall war. Das merke man manchmal selbst gar nicht, sagt sie. Man glaube, man sei bloß ausgerutscht oder über etwas gestolpert, aber in Wirklichkeit war es ein Schlaganfall. Sein hoher Blutdruck, die anhaltende Lähmung im rechten Bein. Er solle doch froh sein, dass er jetzt seine Ruhe habe.

Du glaubst mir also nicht? Du glaubst auch, dass ich spinne?

Natürlich glaube ich dir, sagt sie dann. Aber es kann doch sein, dass du nur deswegen ausgerutscht bist, weil du einen Augenblick lang nicht bei Sinnen warst. Die Ärzte kennen sich mit solchen Dingen aus.

Immer wenn sie an diesen Punkt kommen, verweist er auf den Arzt, der ihn gleich nach dem Unfall im Krankenhaus untersucht hat. Wenn der nichts von einem Schlaganfall erwähnte, wenn der ihn gleich wieder laufen ließ, warum sollte es dann einer gewesen sein?

Und wenn sie sich geirrt haben … Warum ist das jetzt

noch so wichtig? Ändern können wir daran sowieso nichts mehr.
Sie haben sich nicht geirrt, sagt er. Sie haben mich hintergangen, alle, der Betriebsarzt, der Gutachter, Werner und seine Kumpel im Betriebsrat und die Unternehmensleitung. Sie wollten mich loswerden. Und ich Idiot glaubte, dass Werner mein Freund ist.
Manchmal, in ruhigen Momenten, denkt Egon Markmann selbst, dass ihm das inzwischen egal sein sollte, dass ihm überhaupt alles egal sein sollte, was mit dem Unfall und der *Stahlbau* zu tun hat, und dass seine Frau recht hat, wenn sie sagt, er solle die Sache einfach vergessen und nach vorn schauen. Manchmal wacht er morgens auf und ist fest entschlossen, das alles abzuschütteln, sich nicht länger mit nutzlosen Grübeleien das Leben einzuschwärzen. Dann hört Edith ihn unter der Dusche singen, oder er geht pfeifend durchs Haus. Und wenn er ihr dann auch noch beim Frühstück ganz aufgekratzt irgendetwas aus der Zeitung vorliest – Hör mal zu! Das ist doch interessant! –, dann ist sie gerührt, gerührt und alarmiert zugleich, weil sie weiß, dass er unter sich selber leidet, dass er sich Mühe gibt, abzuschütteln, was er doch nicht so einfach abschütteln kann.

Auch darum geht Egon Markmann in die Lohheide, um das alles loszuwerden, diese ewig hämmernden Gedanken, diese brütende Wut. Aber er hat keine Macht über seine Gedanken, sie hocken in seinem Kopf, hässliche Dämonen, lauernd, jederzeit sprungbereit. Alles kann Anlass, Auslöser sein für Wutausbrüche oder nachtschwarze Traurigkeit. Der Klatschmohn dort vor ihm, eine einzelne rot lodernde Blüte auf einem hauchdünnen Stängel. Ganz plötzlich überfällt ihn das Gefühl einer überwältigenden Nähe, als öffne sich ihm eine verwandte Seele. Wie eine Wunde, denkt er, und es fehlte nicht viel und Tränen liefen ihm die Wangen hinunter, so reißt ihm der Anblick das Herz entzwei.

14

AM DONNERSTAGNACHMITTAG muss Robert nicht arbeiten. Dafür hat er am Samstag den ganzen Tag Dienst. Als er kurz nach eins nach Haus kommt, fängt ihn die Mutter an der Tür ab.

Die Polizei war hier, flüstert sie. Sie spricht leise, damit es der Vater nicht hört, aber vor Aufregung ist ihre Stimme lauter, als sie es beabsichtigt. Was ist los, sagt sie. Papa hat sich furchtbar aufgeregt.

Wo ist er jetzt?, fragt Robert.

Papa? Er hat sich hingelegt.

Aber in diesem Moment geht die Tür zum Wohnzimmer auf, und der Vater erscheint hinten im Flur.

Was hast du mit der Polizei zu tun, brüllt er.

Nichts, sagt Robert.

Und warum kommen die hierher und fragen nach dir?

Keine Ahnung.

Die Mutter steht zwischen Vater und Sohn. Am liebsten möchte der Vater jetzt den Sohn am Kragen packen und die Wahrheit aus ihm herausschütteln. Aber dazu müsste er an der Mutter vorbei, und das ist nicht so einfach in dem engen Flur.

Ich will wissen, was du mit der Polizei zu tun hast!

Wenn du was ausgefressen hast, dann sag es doch, sagt die Mutter.

Sie steht neben der Kommode, wo der Flur am engsten ist, der Vater hinter ihr.

Ich hab nichts … ausgefressen.
Und warum war die Polizei dann hier, brüllt der Vater.
Keine Ahnung, sagt Robert. Muss ein Irrtum sein.
Später, als er in seinem Zimmer ist, nimmt er sein Handy und ruft Andy an.
Die Polizei war hier, flüstert er. Sie wollen nachher wiederkommen. Was soll ich machen?
Reg dich nicht auf, sagt Andy. Du sagst, was wir ausgemacht haben: dass du zu Fuß vom *Schock* nach Haus gegangen bist. Alles andere überlass nur mir!
Und wenn die Frau mit dem Fahrrad uns wiedererkennt?
Wie denn? Wir sind doch gar nicht nah genug gewesen. Die kann uns gar nicht richtig gesehen haben.
Den ganzen Nachmittag sitzt Robert in seinem Zimmer und wartet darauf, dass die Polizisten wiederkommen. Ein paarmal greift er zum Handy, um Tom anzurufen, aber jedes Mal steckt er es unverrichteter Dinge wieder ein. Als der Kleinbus kommt, um die Mutter abzuholen, ist die Polizei immer noch nicht da gewesen.
Ich fahr noch mal in die Stadt, ruft Robert in Richtung Wohnzimmertür und ist schon auf dem Weg nach draußen. Aber der Vater kommt hinterher, stürzt fast, so schnell humpelt er die Eingangsstufen hinunter, und packt ihn, bevor er sein Fahrrad aus dem Schuppen holen kann.
Du bleibst hier, bis die Polizei da gewesen ist.
Robert reißt sich los. Mit einem kräftigen Ruck hat er den Griff des Vaters abgeschüttelt. Hoppla! Der wehrt sich! Man sieht es dem Vater an, wie überrascht er ist.

Wie der vor ihm steht! Dieser wilde Blick, das Kinn erhoben, das Gesicht kalkweiß. Fordert den Vater heraus! Ein, zwei Sekunden vielleicht, dann ist es vorbei. Robert zuckt zurück, erschrocken über sich selbst, über die Gewalt, die in ihm steckt, die jeden Augenblick aus ihm hervorbrechen kann. Sie stehen sich gegenüber, Robert ratlos, den Mund halb offen, der Vater, schwer atmend, mit rotem Kopf, breitbeinig, als versuche er mühsam, das Gleichgewicht zu halten. Eine festgefahrene Partie. Da geht nichts mehr, nicht vor und nicht zurück. Am besten, einer stößt gegen das Brett und wirft die Figuren um.

Schließlich geht Robert am Vater vorbei ins Haus, schlägt die Tür zu seinem Zimmer zu, wirft sich aufs Bett. Diese würgende Wut. Ist es Wut? Weiße Blitze zucken durch seinen Kopf. Er setzt die Kopfhörer auf, die Musik aus dem Gettoblaster überschwemmt ihn, die Bässe wie Peitschenschläge, zerhacken seine Gedanken. *How long shall they kill our prophets*, singt Bob Marley. Weg will er, raus aus diesem Haus. Er wird sich vom Vater nicht länger demütigen, von der Mutter nicht länger erpressen lassen. *None but ourselves can free our mind.* Nie mehr wird er zulassen, dass der Vater ihn schlägt. Nie mehr. Lange liegt er regungslos auf seinem Bett, die Augen offen, ins Leere starrend, aber erfüllt von Hass und Aufruhr.

Es wird sechs, Robert hat die Kopfhörer abgenommen, hört, wie der Vater mit schwerem Tritt in den Keller geht, wieder heraufkommt, drüben im Wohnzimmer eine Bierflasche öffnet und den Fernseher anstellt. Sie

werden nicht mehr kommen, denkt er, heute nicht. Er könnte sich davonschleichen. Wenn der Fernseher an ist, hört ihn der Vater nicht. Dennoch zögert er. Als es schon zu dämmern beginnt, klingelt sein Handy. Es ist Tom: Es gibt was zu besprechen. Jetzt gleich, am Treffpunkt im Bunsenpark.
Was los ist, will Robert wissen.
Na, du weißt schon, sagt Tom. Wegen dem Unfall.

Tom sitzt auf einer Bank gleich am Eingang des Parks und schaut Robert entgegen, wie er mit dem Fahrrad angefahren kommt. Ohne ein Wort zu sagen, zieht er den Zeitungsartikel aus der Tasche. Robert nimmt ihn, liest: *Fahrerflucht.* Ecke Weidendamm/Röntgenstraße, steht da, sei in der Nacht von Dienstag auf Mittwoch eine Zeitungsausträgerin von einem Auto angefahren worden. Der Fahrer des Autos habe Fahrerflucht begangen. Die Frau liege mit einem komplizierten Beckenbruch im Krankenhaus. Die Polizei bitte die Bevölkerung um Hinweise auf den flüchtigen Fahrer des Pkw.
Bei mir zu Haus war heute die Polizei, sagt Robert.
Bei mir auch, sagt Tom.
Und was hast du gesagt?
Dass Andy und ich am Dienstag vom *Schock* direkt nach Haus gefahren sind. Und du?
Ich war nicht da. Sie wollen wiederkommen, haben sie gesagt.
Das Böse ist etwas Dunkles, Drohendes, das um uns herum immer anwesend ist, das plötzlich und ohne

Vorwarnung über uns herfällt, eine übermächtige, betäubende Gewalt. Man kann ihm eine Zeit lang aus dem Weg gehen, sich ganz davor schützen kann man nicht. Am besten ist es, man macht sich klein, um nicht aufzufallen, um möglichst unsichtbar zu sein. Und wenn es trotzdem über einen hereinbricht, muss man es über sich ergehen lassen und warten, bis es vorbei ist. Bisher hat Robert sich das Böse immer als etwas ihm Äußerliches vorgestellt und sich selbst als sein mögliches Opfer. So ist es auch jetzt: Er soll in etwas hineingezogen, für etwas verantwortlich gemacht werden, was ihn nichts angeht. Und doch ist es diesmal auch anders. Je länger er darüber nachdenkt, umso weniger kann er sich gegen den Gedanken wehren, dass er Komplize des Bösen ist, verstrickt in etwas, das er zwar nicht gewollt hat, an dem er aber teilhat, ob er will oder nicht, für das er Verantwortung zu tragen hat.
Was ist, wenn sie stirbt?, fragt Robert leise.
Wer?
Na, die Frau mit dem Fahrrad.
Quatsch, sagt Tom. Wieso soll die sterben? Nur weil die sich was gebrochen hat?
Sie sitzen nebeneinander auf der Bank, und je länger sie schweigen, umso kleinmütiger werden sie. Es ist, als werde ein Fenster aufgestoßen und jemand zeigt ihnen die Welt da draußen: Das da ist die Welt, in die ihr gehört. Dort müsst ihr sehen, wie ihr zurechtkommt. Die Chancen, dass ihr es schafft, stehen fünfzig zu fünfzig. Bestenfalls. Aber wenn ihr es nicht schafft, dann gnade euch Gott.

15

SAMSTAG. ROBERT MUSS die Tour von Herrn Wesendonk übernehmen: Fechner, Kunze, Kossick, Schnider, Wensirski. Frau Fechner ist einer von Herrn Wesendonks *schweren Fällen.* Heute wird sie nicht baden. Dazu braucht sie Herrn Wesendonk. Sie wird sich im Bett aufsetzen, und Robert wird ihr beim Waschen und Anziehen helfen. Dann wird er für sie einkaufen, den Müll ausleeren, vielleicht einen Brief zur Post bringen. Als sie das Nachthemd ausgezogen hat und in all ihrem überquellenden Fleisch auf dem Bettrand sitzt, sagt sie: Ich kann mich allein waschen. Nur da unten nicht.

Da unten, das ist die Stelle zwischen ihren Beinen, die, wenn sie sitzt, durch ihren Bauch und die ausladenden Schenkel völlig verdeckt ist. Robert reicht ihr den eingeseiften Waschlappen, sie nimmt ihn, wäscht sich unter den Armen, streicht sich lange und mit Hingabe über die schweren Brüste. Dann reicht sie Robert den Lappen, der geht ins Bad, wringt ihn unter dem laufenden Wasserhahn aus, kommt zurück, gibt ihn ihr, damit sie die Seife abwaschen kann. Schließlich will er ihr das Handtuch reichen. Aber abtrocknen, sagt sie, solle er sie. Als er die schweren Brüste unter seinen Händen fühlt, bemerkt er, dass ihre Brustwarzen sich aufgerichtet haben.

Robert hat schon viele Male alte Frauen gewaschen.

Die Peinlichkeit, die er am Anfang dabei empfand, ist längst gewichen. Er tut, was zu tun ist, ohne sich etwas dabei zu denken. Oder er denkt an etwas anderes. Dass er von zu Haus fortgehen wird, zum Beispiel, wenn all das hier vorüber ist, dass er sich ein Zimmer nehmen wird in einer fremden Stadt, es nach seinen Vorstellungen einrichten wird, dass es sein Zuhause sein wird, in dem er tun und lassen kann, was er will, in dem er endlich sein eigenes Leben leben kann. Aber als Frau Fechner nun ihren schweren Leib ächzend wieder in die Rückenlage bringt, mit leicht angezogenen Beinen die Schenkel weit öffnet und ihm bedeutet, wo er sie waschen soll, da zögert er, starrt sie mit offenem Mund an.
Na los, sagt Frau Fechner. Und feste rubbeln.

Es ist etwas in ihrer Stimme, das ihn beunruhigt. Vorsichtig fährt er mit dem Lappen zwischen ihre mächtigen Schenkel, schaut dabei auf ihren Bauchnabel, der wie ein Korken aus den Speckfalten herausragt. Einmal, zweimal. Er will die Hand zurückziehen, um im Badezimmer die Seife vom Lappen abzuspülen, da spürt er, wie sie seinen Unterarm packt und seine Hand zwischen ihre Schenkel presst.
Weiter, sagt sie mit einer Dringlichkeit, die keinen Widerspruch duldet.
Und als er nun, geführt von ihrer Hand, weiter reibt, da beginnt sie schneller zu atmen, kleine, tiefe Seufzer entrinnen ihrem halb offenen Mund.
Schneller, keucht sie. Schneller!

Robert reißt sich los. Er stürzt ins Badezimmer, wirft den Lappen ins Waschbecken, steht da mit beiden Händen auf den Beckenrand gestützt, im Spiegel sieht er, wie ihm Tränen über die Wangen laufen. Ich will das nicht, denkt er. Ich will das alles nicht mehr. Ich werde noch heute Frau Stechapfel sagen, dass ich das nicht mehr machen kann, dass ich es nicht mehr machen will, weil... Weil? Er weiß, dass er Frau Stechapfel niemals erklären könnte, warum er es nicht mehr will. Ihm fehlen die Worte, es zu erklären, ihm fehlen die Worte für so vieles, was er sagen will, und wenn sie ihm zur Verfügung stünden, würde er es wahrscheinlich nicht wagen, sie zu benutzen.

Als er nach endlosen fünf Minuten wieder ins Zimmer kommt, liegt Frau Fechner unter der Bettdecke, regungslos, den Kopf zur Wand gedreht.
Was soll ich für Sie einkaufen?, fragt Robert.
Sie antwortet nicht. Auch nicht, als er fragt, ob sie denn nicht aufstehen und sich anziehen wolle.
Frau Fechner, sagt er. Sie müssen aufstehen, Frau Fechner.
Keine Antwort. Sie schläft nicht, das weiß er. Also ist sie ihm böse. Aber er kann nichts dafür. Er kann das nicht, will das nicht. Lange steht er da, die Augen auf die sich wölbende Bettdecke gerichtet, und weiß nicht, was er tun soll. Schließlich geht er zum Kühlschrank, schaut hinein: Milch und Butter wird er einkaufen, einige Käseecken, Quark und Brot. Und ein paar Flaschen Malzbier, das Frau Fechner trinkt, wenn sie am Abend

vor dem Fernseher sitzt. Ihr Portemonnaie liegt auf dem Wohnzimmertisch. Er nimmt einen 20-Euro-Schein, überlegt einen Augenblick, ob er noch einmal zu ihr hineingehen soll, verwirft den Gedanken und zieht die Wohnungstür hinter sich zu.

16

ALS ROBERT KURZ NACH vier Uhr nachmittags heimkommt, parkt ein weißer Mercedes vor dem Haus. Ein älteres Modell, aber tadellos gepflegt, rote Ledersitze, Mahagoni-Armaturenbrett. Er erkennt den Wagen sofort wieder: Onkel Fred, denkt er und erschrickt ein bisschen, weil er ihn so als Kind genannt hat, obwohl Fred, eigentlich Alfred Biskau, gar nicht sein Onkel ist. Er ist Vaters ältester Freund, ein bisschen Freund der ganzen Familie, jedenfalls war er das. Früher kam er oft zu Besuch, blieb meist mehrere Tage, und dann feierten die Eltern mit ihm bis spät in die Nacht, und Robert durfte eine Runde im Auto mitfahren und, wenn das Wetter gut war, sich auf den Beifahrersitz stellen und während der Fahrt zum offenen Schiebedach hinausschauen.

Fred Biskau verkauft Nähmaschinen, nicht an Hausfrauen, sondern an Industriebetriebe. Spezialnähmaschinen zum Nähen von Autositzbezügen zum Beispiel oder von Zelten oder Fallschirmen oder Bootssegeln oder Heißluftballonen. Das Geschäft ging schon mal besser, sagt er, aber trotzdem ist er immer noch das ganze Jahr über unterwegs. In jeder größeren Stadt hat er einen alten Kunden, den er auch dann noch aufsucht, wenn mit ihm keine Geschäfte mehr zu machen sind. Und in nahezu jeder Stadt hat er eine alte Bekannte oder kleine Freundin, die sich freut, wenn er mal wieder vorbeikommt. Jedenfalls sagt er das, und Egon glaubt es ihm, weil er oft genug erlebt hat, wie umwerfend sein Freund Fred auf Frauen wirkt.

Fred betritt ein Lokal. Den Trenchcoat offen, Hut auf dem Kopf, steht er einen Augenblick lang an der Tür und lässt den Blick schweifen. »Schau mir in die Augen, Kleines!« – die Humphrey-Bogart-Masche. Ein billiger Trick, sollte man meinen, allzu durchsichtig. Aber wenn der Richtige sie anwendet, funktionieren auch die billigen Tricks. »Die beiden dort hinten links«, murmelt Humphrey. »Die Dunkle für dich und die Blonde für mich.« Egon, der hinter ihm steht, weiß nicht so recht, ob er das überhaupt will, ob er einem solchen Abenteuer überhaupt gewachsen wäre. Er schaut verstohlen zu dem Tisch hinüber, an dem die beiden Frauen sitzen, sieht, wie sie jetzt flüsternd die Köpfe zusammenstecken.

Erst mal an die Bar, sagt Fred. Ich brauch jetzt ein Bier. Nur nichts übereilen.

Sie stellen sich an die Theke, und zwischen zwei Schlucken aus dem Bierglas schiebt Fred mit dem rechten Zeigefinger seinen Hut in den Nacken und grinst zu den beiden Frauen hinüber. Die James-Dean-Masche. Es ist unglaublich, aber sie lächeln tatsächlich zurück, lächeln und schlagen kokett die Augen nieder. Nur nichts übereilen, in aller Ruhe das Bier austrinken. Fred lässt sich Zeit.

Wie geht's? Was macht die Arbeit? Spielst du immer

noch Fußball? Hast du das gelesen von der Oma, die den Jackpot geknackt hat?
Erst nach einer ganzen Weile sagt er: Okay. Gehen wir mal rüber.
Und dann sitzen sie am Tisch mit den beiden Frauen, und Fred ist charmant, höflich, fast ein bisschen reserviert, und am Ende steigt die Blonde zu ihm ins Auto, und Egon weiß immer noch nicht recht, ob er seinen Anteil der Beute haben will oder ob er sich doch lieber verabschieden und allein nach Hause gehen soll.
So ist es früher oft gewesen, wenn sie zusammen ausgingen. Bevor Egon verheiratet war, und später, als seine erste Ehe zerbrach und er sich scheiden ließ. Fred rief an: Was machst du heute Abend?, oder er wartete vor dem Tor des Armierwerks, wo Egon damals arbeitete: Was ist? Drehen wir 'ne Runde? Fragen, die nur eine Antwort zuließen. Auch Fred war einmal verheiratet, da war er gerade mal zwanzig. Ein jugendlicher Unerfahrenheit geschuldeter Irrtum, der immerhin fast zwei Jahre währte. Seitdem lebt er als Nomade, immer unterwegs, mal hier, mal dort und nirgends länger als ein paar Tage. Für Egon ist er so etwas wie das Mysterium der Freiheit. Egon bewundert ihn, beneidet ihn wohl auch, obwohl er genau weiß, dass er so wie Fred nicht leben könnte, nicht leben wollte. Aber er lässt sich jedes Mal von der Umtriebigkeit seines Freundes anstecken, lässt sich mitreißen. Wenn Fred sagt: Gehen wir mal um die Häuser, dann ist Egon wehrlos, hat gar keine Wahl. Nicht einmal, wenn er es wollte, könnte er sich ihm entziehen.

Edith hat nie richtig begriffen, was das ist, diese Freundschaft zwischen ihrem Mann und Fred Biskau. Manchmal sehen sie sich jahrelang nicht, telefonieren nicht miteinander, tauschen keine Briefe aus. Und dann ist Fred plötzlich da, unangemeldet zumeist, und vom ersten Augenblick an ist alles wie früher, sie benehmen sich wie Kumpel, die täglich miteinander umgehen, alles voneinander wissen. Es verwirrt sie, sie ist misstrauisch, auch ein bisschen eifersüchtig. Aber dann sagt sie sich, dass Egon so einen wie Fred braucht, dass Fred seine Chance ist, ein anderer zu sein, für eine Zeit lang zumindest und ohne Risiko, ein anderer und ein bisschen vielleicht auch er selbst. Wer weiß das schon? Obwohl es, jedenfalls für Egon, wohl eher ein Rollenspiel ist, dieses Schwadronieren, dieses Abenteurer- und Draufgängertum. Aber, wer weiß, vielleicht muss man zuweilen spielen, mit sich selbst, mit seinem Leben, damit es nicht zu schwer wird, damit man es ertragen kann. Vielleicht, denkt sie, wäre manches leichter, wenn Fred sie häufiger besuchen käme.

Robert ist noch nicht an der Haustür, da hört er schon das Gelächter, das aus dem Wohnzimmer dringt. Wann hat er zuletzt jemand in diesem Haus lachen hören? Es muss Jahre her sein. Onkel Freds Stimme. Sogleich spürt er wieder dieselbe freudige Erwartung, die er als Kind empfand, wenn er aus der Schule kam und der weiße Mercedes wie vom Himmel gefallen vor dem Haus stand. Onkel Fred! Alle leuchtenden Versprechen, die das Leben für einen Heranwachsenden bereithält,

sind in seinem Namen enthalten. Dabei ist Robert heute eigentlich besonders niedergeschlagen. Wegen Frau Fechner und weil er weiß, dass er nie den Mut finden wird, Frau Stechapfel zu sagen, dass er das alles nicht mehr will, diese alten Frauen, dieses nackte Elend, allenfalls Vorlesen für Frau Sternheim oder Einkaufen für Frau Klein, seinetwegen auch noch Abwaschen für Frau Welach, aber das nicht, so etwas nicht.
Die Wohnzimmertür steht offen. Kaum betritt Robert den Hausflur, da ruft der Vater: Ah, da ist Robert! Robert, komm doch mal her! Sieh mal, wer da ist, Robert!
Die Stimme des Vaters: laut, fröhlich, fast ein wenig überdreht. Ein fremder Vater ist das, ein zurückverwandelter, der Vater seiner Kindheit, den er schon fast vergessen hat. Und die Mutter daneben, glühend vor Lebenslust, ihre Augen lachen. Als wären sie verzaubert oder als hätte Onkel Fred mit einem Schlag den bösen Zauber gelöst, der so lange über diesem Haus gelegen hat. Und als Robert zögernd ins Zimmer tritt, steht der Zauberer auf und ruft: Wer ist dieser baumlange Kerl? Kenn ich den? Kenn ich den?
Er umarmt Robert, Robert riecht sein Herrenparfum, diesen Geruch von Abenteuer und weiter Welt, ein Schwindel erfasst ihn, es ist, als ob ihn ein Wirbelwind in die Luft erhöbe und in einer einzigen großzügigen Bewegung über Städte und Dörfer hinweg von einem Ende der Welt zum anderen trüge.
Fred zieht einen Stuhl neben seinen Sessel:
Setz dich her zu mir! Ich hab dich ewig nicht gesehen.

Dein Vater und ich haben gerade beschlossen, dass wir nach dem Essen noch was trinken gehen. Kommst du mit?
Ich bin verabredet, sagt Robert.
Klar, sagt Fred. In deinem Alter wäre ich auch nicht mit zwei so alten Säcken ausgegangen. Wie heißt sie?
Wer?
Na, deine Freundin.
Ich hab keine Freundin, sagt Robert. Ich bin mit ein paar Freunden verabredet. Wir gehen ins *Schock*.
Fred beugt sich vor, schaut ihm prüfend ins Gesicht, knufft ihn mit dem Ellenbogen in die Seite. He, sagt er. Ein gut aussehender Kerl wie du, auf dich müssen die Mädchen doch nur so fliegen. Los, sag schon, wie heißt sie!
Onkel Fred! Seine Gegenwart füllt den ganzen Raum, man kann sich ihm nicht entziehen, es ist, als dränge er durch die Poren in einen ein, sodass sich der Unterschied auflöst zwischen hier und dort, zwischen innen und außen. Es ist der Fred in Robert, der ihm das eingibt, der ihn sagen lässt, was er eigentlich gar nicht sagen will.
Fari, sagt Robert.
Hat er das tatsächlich gesagt? Es ist ihm rausgerutscht, ohne sein Zutun, sogar gegen seinen Willen, aber nun, da er es gesagt hat, wird ihm klar, dass er schon die ganze Zeit an sie gedacht hat, gleich als er den weißen Mercedes vor dem Haus stehen sah, fiel sie ihm wieder ein, und für einen Moment dachte er daran, dass er heute Abend ins *Schock* gehen würde, und wenn sie da wäre,

würde er sie zum Tanzen auffordern oder mit ihr an der Theke stehen und sie Andy und Tom und Martin vorstellen, ganz cool: Das ist Fari.
Fari, sagt Fred. So heißen Prinzessinnen. Ist sie eine Prinzessin?
Ja, sagt Robert. Eine Prinzessin aus dem Morgenland.
Später, als Egon und Fred im *Nachtcafé* an der Theke stehen – Na, das sieht doch gut aus, hier läuft bestimmt was –, da legt Fred Egon den Arm um die Schulter und sagt: Ist ein prima Kerl, dein Robert. Der macht seinen Weg, verlass dich drauf. Und Egon sagt nicht, dass es jeden zweiten Tag Streit gibt zwischen ihm und seinem Sohn, dass er es lieber gesehen hätte, wenn Robert sich freiwillig zur Bundeswehr gemeldet hätte, weil er dann umsonst hätte Maschinenbau studieren können, dass er sich darüber ärgert, dass Robert sich nachts mit irgendwelchen Typen im *Schock* herumtreibt und neulich sogar die Polizei da war und nach ihm gefragt hat.
Klar, sagt Egon. Ist ja auch mein Sohn.
Und Edith?, fragt Fred. Wie geht es mit euch beiden?
Egon hat sich vorgenommen, die Dinge heute in freundlichem Licht zu sehen, sich von Freds guter Laune anstecken zu lassen. Bisher ist ihm das auch gelungen. Aber irgendwie scheint sein Vorrat an Optimismus jetzt auf einmal erschöpft zu sein. Er schweigt lange, grübelt, findet keine passende Antwort, und dann, auf einmal, bricht es aus ihm heraus: Die Familie, das Haus, seit sie ihn in Frühpension geschickt hätten, komme er sich wie ein halber Mensch vor, abgeschoben, minderwertig, und das Geld reiche hinten und

vorne nicht, obwohl Edith für diesen Halsabschneider Wessels arbeite, und nun drohe auch noch die Bank mit der Zwangsversteigerung des Hauses, weil sie ein paarmal die monatlichen Raten zu spät gezahlt hätten, vorgestern sei der Brief gekommen, er habe ihn Edith noch gar nicht gezeigt.
Ja, sagt Fred. Das sind beschissene Zeiten. Beschissene Zeiten sind das jetzt.
Mehr als drei Jahre haben sie sich nicht gesehen, drei Jahre, in denen viel passiert ist, was nicht gerade stimulierend war. Für beide nicht. Freds Geschäfte gehen schlecht, genau genommen sehr schlecht. Ein paarmal war er schon so weit, dass er glaubte, seinen Mercedes verkaufen zu müssen, sein einziges Kapital, wie er sich ausdrückt.
Die Leute kaufen nichts mehr, sagt Fred. Sie haben Angst. Vor Krankheit, Arbeitslosigkeit, Krieg, vor allem und jedem haben sie Angst, legen ihr Geld auf die hohe Kante, statt es auszugeben, und wenn nicht gekauft wird, wird auch nicht investiert. Da kann ich mir den Mund fusselig reden, deswegen stellen sie sich doch keine neue Maschine hin. Nur die Banken machen Kasse und die Spekulanten. Mit ehrlicher Arbeit kannst du heute nichts mehr verdienen. Sparpolitik. Überall wird gespart, beim Geld, beim Essen und Trinken, bei der Liebe. Schau dich doch mal um: Die sitzen hier doch alle da, als hätten sie soeben dem Tod ins Auge geblickt, stumm wie die Stockfische, kriegen das Maul nicht auf.
Sie trinken einen Korn zum Bier, dann noch einen Korn. Er habe sich die ganze Zeit nicht blicken lassen,

sagt Fred, weil es ihm nicht gut gegangen sei. Gar nicht gut. Er sei in Behandlung gewesen wegen seiner Depressionen. Richtige Schübe seien das gewesen, in immer kürzeren Abständen. Mittlerweile habe er das im Griff. Seine Situation sei zwar, objektiv betrachtet, keinen Deut besser geworden. Aber er habe sich damit abgefunden, habe gelernt, das Beste daraus zu machen. Die Therapie habe ihm geholfen, und außerdem nehme er täglich Tabletten.

Ja, sagt Egon. Man darf sich nicht unterkriegen lassen.

Sehr überzeugend klingt das nicht, eher wie ein Aufruf zu einem Kampf, den er längst verloren weiß.

Manchmal, sagt Egon, habe ich Angst, dass alles um mich her zusammenbricht, das Haus, die Familie, dass etwas ganz Furchtbares passiert. Manchmal wache ich nachts auf und denke: *Es ist passiert,* und: *Ich wars, ich hab es ausgelöst.* Wahrscheinlich ist das Quatsch, aber manchmal …

Was ist manchmal?, fragt Fred in Egons Schweigen hinein.

Manchmal, sagt Egon, wünsche ich mir, dass es passiert. Weil ich die Angst nicht mehr aushalte, dieses Warten darauf, dass etwas passiert.

Sie schweigen. Fred ist nervös, er trommelt mit den Fingerkuppen auf der Theke.

Komm, wir gehen noch woanders hin, sagt er. Das ist doch der reinste Totentanz hier. Kein Wunder, dass man da depressiv wird.

Aber das ist nicht der alte Fred, der da spricht, seine Stimme ist matt, Vergeblichkeit schwingt darin mit.

Heute nicht, hört Egon sich sagen. Irgendwie bin ich heute nicht in der allerbesten Verfassung.
Und Fred drängt den Freund nicht, vielleicht ist er sogar froh, dass sein halbherziger Vorschlag nicht auf fruchtbaren Boden fällt. Sie sitzen noch eine Weile nebeneinander an der Bar. Einige Male öffnet Fred den Mund, als wolle er etwas sagen, zuckt dann aber nur mit den Schultern.
Wir werden alt, sagt er schließlich, ohne den Blick zu heben. Komm, ich fahr dich nach Haus.

17

DER TRAUM VON DER LEICHTIGKEIT. Als Robert zur Tür hereinkommt, sieht er sofort, dass heute alle da sind: Tom, Andy, Martin, Georg, Sebo, sogar Max, der schon studiert, weil er als jüngster von drei Söhnen freigestellt ist und keinen Zivildienst zu leisten braucht. Alle sind da, nur sie nicht. Noch nicht.

Hallo, Max! Was machst du hier? Ich denke, du studierst.

Heimaturlaub, sagt Max und grinst.

Der Traum von der Leichtigkeit. Aufbruch an einem sonnigen Morgen, vom unteren Ende der Theke, an den anderen vorbei – He, Alter!, Hi! –, die vertrauten Gesichter, das Tropfen des Schmelzwassers, das Rauschen des Bachs, plötzlich vibriert die Luft vor freudiger Erwartung, er schließt die Augen, atmet den Duft, den er kennt, den er von irgendwoher kennt, dreht sich um: Hallo!

Sie ist nicht da, kommt auch später nicht, als das Kino schon aus ist. Er steht mit den anderen im Pulk an der Theke, sie reden über dies und das. Kein Thema, das mehr als zwei Sätze erlaubt. Es ist eine Unruhe in ihnen, sie sind auf dem Sprung. Als warteten sie auf ein Signal, darauf, dass jemand zur Tür hereinkommt und ihnen sagt, dass dies ein ganz besonderer Abend ist, der Anfang von etwas ganz Außergewöhnlichem, etwas, das nur für sie in Szene gesetzt wird, etwas Staunenerregen-

des, Herzaufwühlendes. Das Ineinander der Stimmen, zuweilen anschwellend wie Mönchsgesang, ein Lachen flackert auf, erstirbt, weicht der Stille, die unter all dem Reden liegt. Immer wieder schaut Robert zum Eingang hinüber, sieht, wie immer mehr junge Leute hereinkommen und das *Schock* sich füllt.
Sie ist nicht da, kommt auch nicht, als die ersten schon wieder gehen. Robert blickt sich um, eine plötzliche Erkenntnis, betreten stellt er fest, dass dies ein Abend wie alle anderen ist. Dieselben Gesichter, dieselben immer wieder einsetzenden und abbrechenden Gespräche. So ist es wahrscheinlich, wenn man alt ist, denkt er plötzlich, alt wie sein Vater und seine Mutter: Man sieht, was man kennt, man hört, was man schon hundertmal gehört hat, man erwartet gar nicht mehr, etwas anderes zu sehen oder zu hören. Und sein Traum? Sein Traum, dieses täuschende Gefühl zu schweben, ist zerstoben, die gespannte Erwartung einer zähen Mattigkeit gewichen.
Was ist denn das für ein DJ heute Abend, sagt Sebo. Wann legt der endlich mal was Vernünftiges auf?
Der Abend ist nicht zu retten. Es liegt nicht an der Musik, dass Robert sich nicht amüsiert, es liegt vielleicht nicht einmal an ihr, dass sie nicht kommt, wie er vermutet, wie er gehofft hat, wie er gegen alle Vernunft immer noch hofft.
Und wie ist es so, das Studium?, fragt er Max.
Viel Arbeit, sagt Max. Aber macht Spaß.
Es liegt, denkt Robert, nur daran, dass er immer noch hier ist. Die schönste Zeit des Lebens sei das, die Zeit nach dem Abschluss der Schule, bevor der Ernst des

Studiums und des Berufslebens beginne, hat Rektor Hausenberger auf der Abiturfeier gesagt. Vielleicht stimmt es ja für die anderen, die Behüteten aus den besseren Familien, deren Weg klar vorgezeichnet ist. Aber für Robert gilt es nicht. Für ihn ist es nicht ein Innehalten auf einem vorgezeichneten Weg, ein Atemholen und Neu-Anlaufnehmen. Ihm ist überhaupt kein Weg vorgezeichnet. Er muss weg, weit weg, um an einem anderen Ort sein Leben noch einmal ganz von vorn zu beginnen, um es überhaupt erst richtig zu beginnen. Hier steckt er fest, kann sich nicht bewegen, hier wird er bewegt, hier weisen ihm andere den Platz zu, an dem er zu sein und zu bleiben hat.

Der Traum vom Weggehen, vom leichthändigen Abschiednehmen. Man tritt hinaus aus dem Bannkreis der Nacht in den hellen Tag, wo alle Dinge glänzen, als wären sie soeben erst aus Dunst und Nebel ins Leben gerufen worden. Alles ist Anfang und doch strotzend vor Sinn, ein Kosmos unendlicher Möglichkeiten. Jeder Schritt ein erster Schritt, ein Schritt in unbekanntes Terrain. Man braucht Mut dazu, frischen Mut und Zuversicht. Und doch ist es ganz leicht, weil nichts fremd ist in dieser Welt, nicht ganz jedenfalls, nicht beunruhigend, verstörend fremd. Es liegt ein Glanz von Vertrautheit auf ihr, ein geflüstertes Versprechen, das den Schritten Sicherheit gibt.

Robert geht durch die Nacht vom *Schock* nach Haus. Es nieselt, er hat den Kragen seiner Jacke hochgeschlagen, das nasse Haar klebt ihm an der Stirn. Er geht nicht den direkten, den geraden Weg, er mäandert durch die nächtliche Stadt, an der Brauerei biegt er nach links in die Herderstraße, dann ein Stück den Bosseler Weg entlang, nach rechts in die Lessingstraße, geht nicht nach links, wie man erwarten sollte, sondern überquert die Bredowstraße, dann nach links und wieder nach links und immer geradeaus, wieder über die Bredowstraße hinweg. Er will fort, das weiß er, so schnell wie möglich. Aber auch das weiß er: dass er das hier zuerst hinter sich bringen muss. Die Zwänge, die Pflichten, die Mutter, die ihn nicht gehen lassen will, weil sie Angst hat, dass dann alles noch schlimmer wird mit dem Vater, der Dienst in der Altenhilfe. Er träumt davon, alle Zwänge hinter sich zu lassen, alle lästigen Pflichten abzuschütteln, sein Bündel zu schnüren und wegzufahren, ohne Ziel, irgendwohin.

18

EDITH IST NOCH WACH, als Egon nach Haus kommt. Sie hört das Auto vorfahren, hört Freds Stimme, die ihres Mannes, dann das dumpfe Geräusch der zuschlagenden Autotüren. Sie macht Licht, schaut auf die Uhr. Es ist kurz vor halb zwölf. Sie hört den Schlüssel im Schloss der Haustür, löscht das Licht, stellt sich schlafend, als ihr Mann ins Zimmer tritt und die Nachttischlampe anknipst. Dann liegt er neben ihr im Bett, wälzt sich lange hin und her, weil er nicht schlafen kann, und sie denkt, dass da etwas schiefgelaufen sein muss mit dem Abend. Und als ihr Mann dann endlich doch zu schnarchen beginnt und wenig später Robert heimkommt, da denkt sie, dass das eigentlich zu früh ist, wo der Junge doch morgen ausschlafen kann. Und dann denkt sie, dass sie sich vielleicht zu viele Gedanken macht und dass das auch nicht hilft, sich Gedanken zu machen, dass sie sich an Fred ein Beispiel nehmen sollte, der es sicher auch nicht leicht habe, aber immer fröhlich sei und sie alle zum Lachen bringe. Aber schlafen kann sie dennoch nicht.

19

AUCH AM MONTAG und am Dienstag kommt die Polizei nicht. Als Robert schon glaubt, die Sache mit dem Unfall habe sich erledigt, kommt am Mittwoch ein Brief vom Polizeipräsidium. Die Mutter hat ihn an sich genommen, bevor der Vater ihn sieht. Als sie am Abend vom Putzen heimkommt, ist in Roberts Zimmer noch Licht. Sie geht hinüber, klopft, tritt ein, ohne eine Antwort abzuwarten. Robert liegt auf dem Bett, hört Musik. Als er sie sieht, nimmt er die Kopfhörer aus den Ohren.
Ein Brief für dich.
Er nimmt das Kuvert, das sie ihm hinreicht, zuckt zusammen, als er den Absender liest, will ihn beiseite legen, um ihn zu öffnen, wenn er allein ist.
Von der Polizei, sagt die Mutter. Papa weiß nichts davon. Aber mir kannst du doch sagen, was los ist.
Robert weiß, dass seine Mutter nicht gehen wird, ehe er ihr gesagt hat, was es mit dem Brief auf sich hat. Zögernd öffnet er ihn, liest: *Sie werden gebeten, sich als Zeuge in einer Unfallsache zwecks Einvernahme im Polizeipräsidium Zi. 230 zu melden.*
Ich soll mich im Polizeipräsidium melden, sagt er. Wegen einer Unfallsache.
Was für ein Unfall?, fragt die Mutter.
Keine Ahnung, sagt Robert und reicht ihr den Brief.
Am nächsten Tag in der Mittagspause meldet sich Robert bei der Polizei.

Er wird sagen, was sie ausgemacht haben: dass er an jenem Abend zu Fuß nach Haus gegangen ist, dass er zu dem Unfall, bei dem die Zeitungsausträgerin zu Schaden gekommen ist, nichts sagen kann, weil er nicht dabei war.
Vom *Schock* zu Ihnen nach Haus, das ist aber ein ganzes Stück, sagt der freundliche ältere Polizist, der Robert gegenübersitzt. Er schaut Robert an, nickt anerkennend.
Wann müssen Sie morgens raus? Um sieben?
Ja, sagt Robert.
Und die Arbeit in der Altenhilfe macht Spaß?
Na ja, sagt Robert. Ich wollte halt keinen Militärdienst machen.
Verstehe, sagt der Polizist.
Eine Weile sitzen sie sich schweigend gegenüber. Der Polizist blättert lustlos in der Akte. Er sieht aus, als wisse er nicht recht, was er sonst noch fragen soll. Aber dann fällt ihm doch noch etwas ein.
Wie spät war es eigentlich, als Sie an jenem Abend am *Schock* aufgebrochen sind?
Wie spät es war?
Ja, sagt der Polizist.
So halb drei, denk ich, sagt Robert.
Halb drei, sagt der Polizist und schaut plötzlich ganz nachdenklich drein.
Und dann sind Sie die ganze Strecke zu Fuß nach Haus gegangen. Durch den Bunsenpark, nehme ich an. Und dann wie weiter?
Darauf will er also hinaus. Robert spürt, wie ihm der

kalte Schweiß ausbricht. Wie spät war es, als er das Polizeiauto und den Krankenwagen am Weidendamm sah? Drei Uhr? Maximal dreißig Minuten nach dem Unfall kann das gewesen sein. Wenn er zu Fuß nach Haus gegangen wäre, hätte er Zeuge des Unfalls werden können, zumindest hätte er an der Kreuzung Weidendamm/Röntgenstraße das Fahrrad und die Frau auf dem Pflaster liegen sehen müssen. Vermutlich hätte sie um Hilfe gerufen, wenn da jemand vorbeigekommen wäre.

Ich bin gejoggt, sagt Robert.

Ah, gejoggt. Ein Sportsmann.

Robert glaubt einen ganz leichten ironischen Unterton in der Stimme seines Gegenübers zu entdecken.

Gejoggt, sagt der Polizist noch einmal. Den Weidendamm entlang bis zur Brauerei, nehme ich an. Und dann links ab in die Bredowstraße. Wie lange brauchen Sie da vom *Schock* bis nach Haus?

Eine Viertelstunde vielleicht.

Dann waren Sie also Viertel vor drei zu Haus?

Ja, ungefähr.

Ihre Mutter hat Sie aber erst nach drei Uhr nach Haus kommen hören.

Die Stimme des Polizisten ist plötzlich hart und schneidend.

Das stimmt doch alles nicht, was Sie mir da erzählen. Sie waren doch mit im Auto, als ihr die Frau auf dem Weidendamm angefahren habt!

Robert sitzt da, den Kopf eingezogen, als erwarte er jeden Augenblick, geschlagen zu werden. Wie betäubt ist er angesichts des plötzlichen Ausbruchs, stumm, unfähig, ein Wort herauszubringen. Er müsste jetzt protestieren, um glaubwürdig zu wirken, er müsste sagen, dass es nicht stimmt, was der andere ihm unterstellt, dass er, Robert, die Wahrheit gesagt hat. Aber er sagt nichts, sitzt nur da, den Kopf eingezogen, den Blick gesenkt, und schweigt.

Wie würdest du das nennen, wenn einer eine Frau auf dem Fahrrad anfährt, sie verletzt liegen lässt und das Weite sucht? Feigheit?

Jetzt duzt der Polizist ihn: Wie würdest du das nennen? So wie man einen Feigling und einen Lügner duzt, als Zeichen der Verachtung. Robert antwortet nicht, wagt nicht aufzublicken, er spürt nur, dass ihm schlecht wird. Kalter Schweiß nässt sein Hemd, seine Hände prickeln.

Sportsmann, sagt der Polizist. Joggt nachts um halb drei von der Disco nach Haus. Schon mal was von Fairness gehört?

Dann steht er plötzlich auf, klappt verärgert die Akte zu, die vor ihm auf dem Schreibtisch liegt.

Sag deinem Freund Andy – ihr seid doch Freunde? –, sag ihm, dass wir ihn erwischen, wenn nicht diesmal, dann beim nächsten Mal, sagt er. Und als Robert schon aufgestanden ist und zur Tür geht, ruft er ihm hinterher: Du könntest dir ja mal das Opfer im Krankenhaus anschauen. Lehmann, Zimmer 211. So ein Beckenbruch, das ist kein Spaß, wenn man schon etwas älter ist.

Als Robert draußen die große Freitreppe hinuntergeht, wird ihm plötzlich schwindelig und er muss würgen. An einem Baum übergibt er sich. Lange steht er da, die

Stirn an die raue Borke des Baums gelehnt. Passanten gehen vorbei, sehen das Erbrochene, wenden sich ab. Eine alte Frau bleibt stehen: Geht es Ihnen nicht gut? Brauchen Sie Hilfe?
Alles in Ordnung, sagt Robert. Er gibt sich einen Ruck, wischt sich mit dem Taschentuch den Mund ab, geht zu dem Eisengeländer hinüber, wo er sein Fahrrad angeschlossen hat, schließt das Kettenschloss auf und fährt langsam davon.

Frau Welach scheint zu spüren, dass Robert heute nicht die Kraft hat, nein zu sagen.
Ach, Robert, können Sie die paar Teller und Tassen abwaschen?
Robert, die Gardinen im Wohnzimmer müssen abgenommen und in die Waschmaschine getan werden.
Können Sie mir mal die Programmzeitschrift geben, Robert? Nein, dort hinten auf der Kommode.
Frau Welach liegt auf dem Sofa, zwei dicke Kissen im Rücken, den Blick unverwandt auf den Fernsehapparat gerichtet.
Ich geh jetzt einkaufen, sagt Robert.
Haben Sie die Gardinen in die Waschmaschine getan und auf 5 gestellt? Wenn Sie vom Einkaufen wiederkommen, sind sie fertig. Sie müssen aufgehängt werden, solange sie noch feucht sind.
Ja, sagt Robert.

20

GESTERN IST FRAU STERNHEIM während des Vorlesens eingeschlafen. Robert nahm die dünne Wolldecke vom Sofa, breitete sie über die Schlafende und stellte das Buch, aus dem er gelesen hatte, ins Regal zurück. Eine Weile stand er unschlüssig vor der Regalwand, sein Blick streifte über die Buchrücken, während er überlegte, ob er einfach gehen oder die alte Dame aufwecken solle, und auf einmal blieb sein Blick an einem schmalen Bändchen hängen: *Aus dem Leben eines Taugenichts.* Er erinnerte sich, dass sie es im vorletzten Schuljahr im Deutschunterricht durchgenommen hatten. Alle in der Klasse hatten sich über die antiquierte Sprache des Autors lustig gemacht, aber ihn hatte die Erzählung gleich so sehr gefesselt, dass er sie zu Haus an einem Nachmittag und Abend verschlungen hatte. Die Deutschlehrerin hatte den Anfang daraus vorgelesen und gefragt, wer das Buch lesen und darüber ein Referat halten wolle. Robert hatte sich gemeldet, als Einziger. Seine Klassenkameraden hatten gedacht, dass er nur seinen Punktedurchschnitt fürs Abitur auf bequeme Weise verbessern wolle. Aber zu Haus hatte er das Buch aufgeschlagen und war sogleich so gefangen gewesen, dass er es noch am selben Tag durchgelesen hatte.

Er stand da, hielt das Buch in der Hand. *Aus dem Leben* … Einen Augenblick überlegte er, ob er es ein-

fach mitnehmen solle, ohne zu fragen. Aber da wachte Frau Sternheim mit einem kleinen Seufzer wieder auf.
Oh, mein Gott, sagte sie. Jetzt schlaf ich doch tatsächlich schon ein, während mir vorgelesen wird. Wie spät ist es?
Fünf durch, sagte Robert.
Na, dann sollten Sie jetzt gehen. Sonst kriegen Sie wieder Ärger mit Ihrem Vater.
Ja, sagte Robert.
Er zögerte noch, hielt das Buch in der Hand, war drauf und dran, es wieder ins Regal zu stellen, fragte dann aber doch: Kann ich mir dieses Buch ausleihen?
Aber ja, sagte Frau Sternheim. Nehmen Sie nur, was Ihnen gefällt. Was ist es denn?
Joseph von Eichendorff, *Aus dem Leben eines Taugenichts.*
Jaja, sagte sie. Genau das Richtige für Sie.
Sie sagte es mit einer Bestimmtheit, als könne es gar keinen Zweifel daran geben, dass dieses Buch speziell für ihn, Robert, geschrieben sei.

Robert liegt auf seinem Bett, hält das aufgeschlagene Buch in der Hand und denkt, wie merkwürdig es ist, dass er gerade jetzt wieder auf dieses Buch gestoßen ist.
... wenn ich ein Taugenichts bin, so ists gut, so will ich in die Welt gehen und mein Glück machen.
Es ist die Leichtigkeit, mit der hier alles geschieht, die ihn in ihren Bann zieht. Als ob ein Wind vom Paradies her wehte, ein fächelnder, lockender Wind, der das Aroma des Gelingens mit sich führt. Man braucht nur den

Fingerzeigen zu folgen, die überall am Wege liegen, um traumhaft sicher ans Ziel zu gelangen.
Spring Er nur hinten mit auf, wir fahren nach Wien.
Robert liest es und träumt. Er träumt davon, in die Welt hinauszugehen, alles Beengende hinter sich zu lassen, er fühlt sich reich, so reich, dass er überfließt vor mitteilender Güte.
Aber dann klopft es an der Tür und die Mutter steht im Zimmer.
Wie war es auf der Polizei?
Die Polizei?
Es scheint, dass Robert eine Weile braucht, bis er den Sinn der Frage begreift.
Sie wollten wissen, ob ich gesehen habe, wie ein Auto eine Frau angefahren hat. Aber ich habe nichts gesehen.
Und wie sind sie gerade auf dich gekommen?
Es ist passiert, kurz nachdem das *Schock* zugemacht hat, sagt er. Da fragen sie halt alle, die im *Schock* waren.

21

WISSEN SIE, WIE ES Frau Abel geht?, fragt Robert Herrn Wesendonk, als er am Montag die Geschäftsstelle der Altenhilfe betritt. Herr Wesendonk zuckt die Achseln. Er sitzt am Tisch, hat einen winzigen Schraubenzieher in seiner riesigen Rechten und versucht damit den Schalter der Schreibtischlampe von Frau Stechapfel zu reparieren.

Musst du drüben fragen.

Drüben, das ist das Büro, in dem Frau Stechapfel bei halb offener Tür telefoniert. Als sie endlich den Hörer auflegt, geht Robert hinein. Ob sie etwas von Frau Abel gehört habe.

Nein, sagt sie. Die wird noch im Krankenhaus sein. Wenn sie entlassen worden wäre, wüsste ich das.

Robert nickt. Ein gebrochener Arm, bei alten Menschen kann so etwas lange dauern. Er wird sie besuchen, um zu sehen, wie es ihr geht, in der Mittagspause, vielleicht heute, bevor er zu Frau Welach fährt.

Den ganzen Morgen ist Robert nicht ganz bei der Sache. Er überlegt, ob er, wenn er schon einmal im Krankenhaus ist, sich unauffällig nach der Zeitungsausträgerin erkundigen soll. Vielleicht weiß Frau Abel etwas oder eine der Frauen, die mit ihr das Krankenzimmer teilen. Oder er schaut einfach in Frau Lehmanns Zimmer hinein, er kann sich in der Zimmernummer geirrt haben: Frau Abel?

Und dann? Das Einfachste wäre natürlich, die Stationsschwester zu fragen, wie es der Zeitungsausträgerin gehe, die mit dem Unfall, über die neulich in der Zeitung berichtet worden sei. Aber wenn sie dann sagt, er solle sie doch einfach besuchen: Zimmer zweihundertelf?

Herr Meinertz hat kleine weiße Schaumbläschen auf den Lippen, so wütend ist er. Er sitzt im Sessel und schnaubt und gestikuliert. Robert greift nach der Zeitung, nach der Fernbedienung für den Fernseher, nach der Schale mit dem Dörrobst, die auf der Kommode steht. Herr Meinertz schüttelt den Kopf und stampft mit beiden Füßen auf den Boden.

Ich weiß nicht, was Sie haben wollen, Herr Meinertz.

Schließlich erhebt sich Herr Meinertz, stapft vor Wut schnaufend in den schmalen Hausflur und kommt mit dem Telefonbuch zurück. Mit wutverzerrtem Gesicht hält er es Robert unter die Nase. Dann legt er es auf das Tischchen neben seinem Sessel und rührt es seltsamerweise nicht weiter an.

Soll ich Ihnen etwas einkaufen, Herr Meinertz?, fragt Robert.

Nein, nein, sagt Herr Meinertz. Das ist nicht nötig. Das kann Frau Behrens machen, wenn sie heute Nachmittag kommt.

Seine Wut ist schon wieder verflogen. Rückstandslos.

Aber wenn Sie so freundlich wären, mal nach der Spiegelbeleuchtung im Badezimmer zu schauen …

Im Badezimmer liegen auf dem Klodeckel eine Kneif-

zange, eine Kombizange, ein großer und ein kleiner Schraubenzieher. Offenbar hat Herr Meinertz sich mit seinen zittrigen Händen schon an der Leuchtröhre zu schaffen gemacht, denn die Plastikabdeckung hängt auf der einen Seite herunter.
Robert zieht an dem Bändchen, um den Schalter zu betätigen. Einmal, zweimal. Er dreht die Röhre in der Fassung hin und her, betätigt den Schalter erneut. Nichts. Er nimmt die Röhre heraus, geht ins Wohnzimmer.
Ich glaube, die Röhre ist kaputt. Soll ich Ihnen schnell eine neue kaufen?
Das wäre nett, sagt Herr Meinertz und kramt einen 10-Euro-Schein aus seiner Gesäßtasche. Aber gehen Sie zu Pollak schräg gegenüber. Und sagen Sie, dass Sie von mir kommen, dann werden Sie bevorzugt bedient.

Für den Besuch bei Frau Abel bleibt heute keine Zeit, weil bei Pollak die Neonröhren ausgegangen sind und Robert durch die halbe Stadt fahren muss, bis er die richtige Röhre bekommt. Auch am Dienstag und am Mittwoch klappt es nicht. Erst am Donnerstag fährt Robert ins Krankenhaus.
Frau Abel geht es nicht gut. Nicht wirklich schlecht, aber auch nicht gut. Sie fühle sich schwach, sagt sie. Dabei liege sie den ganzen Tag nur faul im Bett. Und beim Fernsehen schlafe sie sofort ein. Sie hat den rechten Arm in Gips, mit der Linken tastet sie nach Roberts Hand, drückt sie kurz. Sie lächelt ein tapferes, schmales Lächeln.

Das sind Sie, nicht wahr, sagt Robert auf das Bild über ihrem Bett zeigend.
Das war ich, sagt Frau Abel.
Und plötzlich funkeln ihre Augen, sie lacht in sich hinein.
Eine Artistin, die aus dem Bett fällt und sich den Arm bricht, wenn mein Vater das noch erlebt hätte, er hätte mir den Arsch verhauen.
Die beiden anderen Frauen im Zimmer, beide jünger als Frau Abel, kichern verstohlen. Sie haben das Kopfende ihrer Betten hochgestellt und lassen Robert nicht aus den Augen.
Ihre Großmutter, sagt die eine jetzt zu Robert gewandt, ist der gute Geist von Zimmer 203. Seit sie hier ist, haben wir immer was zu lachen.
Sie spricht in einem merkwürdig larmoyanten Ton, so als glaube sie selbst nicht recht an das, was sie sagt. Aber als sie jetzt ihre Bettnachbarin fragend anschaut, nickt die wie zur Bestätigung zweimal mit dem Kopf.
Eigentlich müsste Robert sie jetzt aufklären, dass er nicht Frau Abels Enkel ist, aber da spürt er, wie Frau Abel ihn am Ärmel zupft. Sie liegt da, den linken Zeigefinger auf ihrem spitzen Mund, ihre Augen funkeln vor Vergnügen. Sie sind Komplizen, Robert und sie. Klar, Robert weiß, wann er den Mund zu halten hat. Sollen die anderen beiden doch glauben, dass sie seine Großmutter ist, obwohl sie eigentlich wissen müssten, dass das nicht stimmen kann, weil er Sie zu ihr sagt.

Bis zum Zimmer 211 sind es nur ein paar Schritte den gleißend hellen Gang entlang. Robert steht vor der Tür, zögert, tritt näher, hebt schon die Hand, um anzuklopfen, tritt noch einmal zurück. Was soll er sagen? Dass er sich geirrt hat, dass er Frau Abel sucht. Und dann? Woher soll er wissen, wer von den Frauen in dem Zimmer Frau Lehmann ist? Ein Beckenbruch. Woran erkennt man, dass jemand wegen eines Beckenbruchs operiert worden ist? Während Robert vor der Tür steht und nicht weiß, ob er anklopfen soll oder nicht, bemerkt er aus den Augenwinkeln, dass am Ende des Gangs jemand einen Rollwagen aus dem Lift schiebt und näher kommt. Er muss sich entscheiden, er kann unmöglich hier vor der Tür stehen bleiben. Er tritt einen Schritt zurück, dreht sich um, will zum Lift.
Hallo, Robert!
Vor ihm im weißen Kittel, das Haar aufgesteckt, steht eine junge Frau und lacht in sein verdutztes Gesicht. Das kann nicht wahr sein, denkt er. Und dann: Warum soll es nicht wahr sein? Irgendwo muss sie ja wohl arbeiten, warum nicht hier im Krankenhaus.
Hallo, Fari.
Er sagt es fast beiläufig, so, als wäre es das Allergewöhnlichste von der Welt, dass sie sich hier auf dem Flur im zweiten Stock des Krankenhauses treffen. Aber sie dabei anzuschauen, wagt er nicht.
Willst du jemand besuchen?, fragt Fari.
Ich habe jemand besucht, antwortet er.
Auf 211?

Nein, sagt er. Die Frau Abel von 203.
Sie mustert ihn mit ihren großen dunklen Augen, ein wenig spöttisch, wie er zu erkennen meint. Aber das kann ein Irrtum sein.
Die Frau Abel, sagt er, wird von mir betreut. Ich mach Zivildienst bei der offenen Altenhilfe, und da wollte ich mal sehen, wie es ihr geht mit ihrem Arm.
Ach ja, sagt Fari, und dann: Ich wollte sowieso eine Zigarettenpause machen. Hast du einen Augenblick Zeit?
Sie schiebt den Wagen ins Schwesternzimmer, kommt gleich wieder heraus und geht neben ihm her zum Lift.
Gehst du noch manchmal ins *Schock*, fragt Robert, als der Lift sich nach unten in Bewegung setzt.
In der Woche nicht, sagt sie. Ich muss zu früh raus. Aber am Wochenende vielleicht. Und du?
Manchmal, sagt er. Aber in letzter Zeit war ich nur noch selten dort.
Unten vor der Tür zündet sie sich eine Zigarette an.
Willst du auch eine?
Nein danke, sagt er und denkt im selben Augenblick, dass es vielleicht besser gewesen wäre, die angebotene Zigarette anzunehmen. Dann wüsste er jetzt wenigstens, was er mit seinen Händen machen soll. Tatsächlich hat er nie geraucht, nicht ein einziges Mal hat er es versucht. Vielleicht, weil Vater und Mutter rauchen, vielleicht aber auch, weil er sich schon damit abgefunden hat, immer ein wenig im Abseits zu stehen.
Du rauchst nicht?
Nein, sagt er.

Dachte ich mir.
Sie sieht ihn lächelnd, fast ein bisschen triumphierend an: Dachte ich mir.
Wieso hast du dir das gedacht?
Weiß nicht. Irgendwie dachte ich mir, dass du nicht rauchst.
Sie stehen eine Weile nebeneinander, an das Eisengeländer gelehnt, das die überdachte Vorfahrt des Krankenhauses von der Straße trennt, und schweigen. Zwei-, dreimal sieht es so aus, als wolle Robert etwas sagen.
Diese Frau Lehmann mit dem Unfall, sagt er schließlich, weißt du zufällig, wie es der geht?
Sie schaut ihn überrascht an, überrascht und ein wenig misstrauisch.
Gut, soviel ich weiß, sagt sie. Die Operation ist jedenfalls gut verlaufen. Aber wieso willst du das wissen?
Robert fühlt, wie eine Last von ihm abfällt. Seit Tagen geht ihm im Kopf herum, was der Polizist zu ihm gesagt hat: So ein Beckenbruch ist kein Spaß, vor allem wenn man schon etwas älter ist. Die Erleichterung ist ihm anzusehen. Über das ganze Gesicht grinst er. Aber da ist noch eine Frage zu beantworten.
Wieso willst du das wissen?, fragt Fari noch einmal.
Ach, nur so, sagt er. Weil das über den Unfall in der Zeitung stand.

Ihre Augen. Es ist etwas schwer zu Deutendes, etwas Unberechenbares darin. Sie nimmt einen letzten Zug aus ihrer Zigarette, wirft die Kippe auf den Boden und tritt mit dem Schuh darauf.

Wart ihr das? Habt ihr sie angefahren, du und deine Freunde?
Aus heiterem Himmel kommt die Frage, sie trifft ihn wie ein mit voller Wucht geführter Schlag, raubt ihm den Atem. Er steht da, schnappt nach Luft, macht eine Bewegung, als wolle er sich zur Flucht wenden, kann aber gar nicht weg, weil ihr Blick ihn festhält. Nein, hört er sich sagen, aber es klingt alles andere als überzeugend. Und dann, als sei dieses eine Wort ein Signal zum Aufbruch, greift er seinen Rucksack, grinst verlegen, murmelt etwas Unverständliches und geht, ohne sich zu verabschieden, zu seinem Fahrrad und fährt davon.

22

ALS ROBERT AM FREITAGNACHMITTAG zum Vorlesen bei Frau Sternheim eintraf, stand ihre Wohnungstür offen. Er trat ein, ging durch die offene Tür ins Wohnzimmer: Frau Sternheim? Unschlüssig sah er sich um, ging dann, als er keine Antwort erhielt, zum Kamin hinüber und betrachtete die beiden gerahmten Fotos, die auf dem Sims standen. Ein junges Paar, er im Zweireiher und mit randloser Brille, sie in einem hochgeschlossenen Kleid, die Haare streng nach hinten gekämmt. Berlin 1926 stand in Handschrift darunter. Daneben ein zweites Foto: fünf Kinder, der Größe nach aufgereiht auf der untersten Stufe einer Freitreppe vor einem düsteren, wilhelminischen Backsteinbau, zwei Jungen, drei Mädchen, die beiden ältesten vielleicht dreizehn oder vierzehn Jahre alt.

Die Zweite von links, das bin ich.

Frau Sternheims Stimme. Sie stand plötzlich in der offenen Wohnzimmertür, Robert hatte sie nicht kommen hören. Mit ihren kleinen, tastenden Schritten kam sie näher, und als sie hinter ihm stand, sagte sie: Ich war in der Familie das schwarze Schaf, deswegen wurde ich mit vierzehn auf ein Mädchenpensionat in die Schweiz geschickt. Das hat mir das Leben gerettet.

Robert drehte sich um, sah sie fragend an.

Meine Eltern und meine Geschwister haben die Nazis

umgebracht, sagte sie. Ich habe überlebt, weil ich in der Schweiz war, als man sie abholte.
Sind Sie …
Robert stockte, eine einfache Frage, und doch hatte er auf einmal das Gefühl, dass man sie nicht stellen durfte, dass er sie nicht stellen durfte.
… Jüdin?, sagte Frau Sternheim. Das war es doch, was Sie fragen wollten. Wir waren Deutsche, eine ganz normale deutsche Familie. Die Nazis haben uns zu Juden gemacht.

Robert liegt auf seinem Bett, starrt an die Decke, und immer geht ihm dieser Satz durch den Kopf: *Die Nazis haben uns zu Juden gemacht.*
Die Fotos auf Frau Sternheims Kaminsims: der Vater, die Mutter, die fünf Kinder, so sah damals eine normale deutsche Familie aus. So sahen vielleicht auch einmal jene anderen Menschen aus, die Robert auf Fotos in einer Ausstellung gesehen hat, die sie im letzten Schuljahr mit ihrem Geschichtslehrer besuchten: halb verhungerte, verängstigte Menschen, Frauen, Kinder, alte Männer, bewacht von SS-Männern mit Karabinern und Schäferhunden.
Im Ersten Weltkrieg, erzählte Frau Sternheim, habe ihr Vater sich als Freiwilliger an die Front gemeldet, um Deutschland gegen den Erbfeind Frankreich zu verteidigen. Später sei er Journalist geworden, sei bis 1933 Feuilletonchef bei einer großen Berliner Zeitung gewesen. Manche der Schriftsteller, deren Bücher dort drüben stünden, seien in ihrem Elternhaus ein- und ausgegangen.

Vor der Machtergreifung Hitlers natürlich, sagte sie und lachte auf, als sei das ein besonders spaßiges Detail. Hinterher hat sich keiner mehr blicken lassen.
Vor lauter Erzählen hatte Frau Sternheim den Tee in der Küche vergessen.
Jetzt ist er bestimmt bitter, sagte sie. Wollen Sie ihn trotzdem trinken? Mit Milch vielleicht?
Sie tranken den lauwarmen Tee, der, wie Robert feststellte, gar nicht bitter schmeckte, wenn man Milch und Zucker hineintat, und Frau Sternheim fuhr fort zu erzählen. Ihre Mutter habe vor ihrer Ehe Philosophie studiert, in Marburg, zunächst bei Paul Natorp, später noch einige Semester bei dessen Nachfolger Nicolai Hartmann. Als sie ihren Mann kennenlernte, habe sie kurz vor der Promotion gestanden. Aber dann habe sie geheiratet und das Studium an den Nagel gehängt. So sei das damals in Deutschland gewesen: Frauen, die heirateten, brauchten keinen Beruf. Vielleicht habe sie selbst es deshalb später umgekehrt gemacht: Sie habe einen Beruf ergriffen, aber geheiratet habe sie nicht.
Von der Schweiz aus, erzählte Frau Sternheim, sei sie nach dem Ende des Krieges zu einer Großtante nach Birmingham gekommen. Dort habe sie vier Jahre lang in einer Privatschule als Deutschlehrerin gearbeitet. Ja, es habe damals in Großbritannien tatsächlich Menschen gegeben, die ihre Kinder Deutsch lernen lassen wollten. Sie selbst habe damals geschworen, Deutschland nie mehr zu betreten. Anfang der Fünfzigerjahre sei sie dann mit Freunden nach Israel gegangen, habe

eine Zeit lang in einem Kibbuz gearbeitet, zunächst in der Landwirtschaft, später als Lehrerin. Aber sie habe sich in Israel nie wirklich heimisch gefühlt. Mit der Zeit sei die Sehnsucht nach Deutschland, nach der deutschen Sprache – der Sprache der Mörder, wie manche in Israel heute immer noch sagten – immer größer geworden, und sie sei zurückgekehrt, zuerst nach Berlin, dann hierher, wo ihr eine Stelle als Bibliothekarin angeboten worden sei. Und dann sagte sie wieder einen dieser Sätze, die Robert nachher immerzu im Kopf herumgehen.

An mir, sagte sie und lachte in sich hinein, haben sich die Nazis die Zähne ausgebissen. Mich haben sie am Ende doch nicht zur Jüdin machen können.

Bibliothekarin also, zuletzt zwölf Jahre lang Leiterin der hiesigen Stadtbibliothek. Daher die vielen Bücher in ihrem Wohnzimmer. Aber die akribische Ordnung der Bibliothek hat sie in ihrer Wohnung nicht gelten lassen. Dort herrscht eine andere, nur ihr einsichtige Ordnung.

Für einen Augenblick fühlte Robert sich, als werde ihm eine Augenbinde abgenommen und er sehe dieses Wohnzimmer zum ersten Mal, die fast bis zur Decke reichenden Bücherregale, den offenbar seit Langem nicht genutzten Kamin, das kleine Tischchen, die altmodische Teekanne auf dem Stövchen aus weißem Porzellan. Ob ihn das denn überhaupt interessiere, diese alten Geschichten, fragte Frau Sternheim. Robert schreckte aus seinen Gedanken auf. Doch, doch, sagte er. Das interessiere ihn sehr. Aber wenn sie lieber wolle, dass er ihr vorlese …

Es war schon nach sechs, als Robert sich schließlich verabschiedete. Er stand an der Tür und hatte das Gefühl, dass er noch etwas sagen müsse.
Ich …, sagte er, stockte, wusste nicht weiter, sagte schließlich: Ich danke Ihnen.
Wofür?
Dass Sie mir das alles erzählt haben.
Wissen Sie, Robert, dass Sie der erste Mensch sind, dem ich das erzählt habe?
Und warum, fragte Robert, haben Sie vorher nie jemandem davon erzählt?
Ich weiß es nicht.
Sie schwieg einen Augenblick, schien nachzudenken. Wahrscheinlich, weil ich niemand damit behelligen wollte. Es hätte nur gestört, mich und die anderen. Ich wollte ja nur eins: ein normales Leben führen.
Und jetzt? Warum haben Sie es jetzt mir erzählt?
Sie schaute ihn lange an, ihre weit geöffneten Augen tasteten sein Gesicht ab, als versuche sie die Antwort darin zu lesen.
Ja, warum? … In Israel habe ich mit einem Mann zusammengelebt. Wir hatten einen Sohn, er starb mit acht Jahren an Leukämie. Als ich Sie vorhin sah, wie Sie die Fotos betrachteten, da dachte ich für einen Augenblick, so hätte mein Sohn dort stehen können. Aber das ist natürlich Unfug. Er wäre heute über fünfzig. Alte Menschen neigen dazu, sentimental zu werden. Ich sah Sie dort stehen, und auf einmal lag mein ganzes Leben vor mir. Ich sagte mir, dass es doch immerhin eine Geschichte sei, eine Geschichte, die es vielleicht ver-

diente, erzählt zu werden. Und wem hätte ich sie erzählen sollen, wenn nicht Ihnen, Robert? Zugegeben, es ist keine sehr originelle Geschichte. In meiner Generation ist sie tausendfach so oder so ähnlich passiert. Aber das Leben ist nun mal nicht immer originell. In der Literatur ist das etwas anderes. Wenn Sie das nächste Mal kommen, dann lesen Sie mir wieder etwas Originelles vor.

Robert hat heute keine Lust, ins *Schock* zu gehen. Er hat auch keine Lust, Musik zu hören oder zu lesen. Er liegt auf seinem Bett, die Augen weit geöffnet, schaut an die Decke oder durch sie hindurch auf eine Welt, die ihm bisher verborgen war. Eine Geschichte, hat sie gesagt, eine Geschichte, die irgendwann erzählt werden muss. Eine merkwürdige Art, das eigene Leben zu betrachten. Muss man aus seinem Leben eine Geschichte machen, eine Geschichte, die erzählt werden kann? Ist es das, worauf es im Leben ankommt? Und wann fängt diese Geschichte an? Hat sie überhaupt einen Anfang und ein Ende?

Das Handy klingelt. Es ist Marita. Ob er wisse, wo Andy stecke? Ihre Stimme klingt seltsam rau.

Keine Ahnung, sagt Robert. Habt ihr Zoff?

Zoff…

Marita weiß nicht, ob Zoff das richtige Wort ist.

Er ist manchmal so komisch.

Wie komisch?

Na, so unberechenbar eben. Er weiß nicht, was er will … und ich weiß es bald auch nicht mehr… Pause. Und du? Warum bist du nicht im *Schock*?

Hab keine Lust, sagt Robert. Ich muss über was nachdenken.
Worüber?
Über mein Leben.
Siehst du, sagt Marita. Das unterscheidet Andy und dich: Du denkst wenigstens manchmal über dein Leben nach.

23

NUN KOMMT DER VATER schon zum dritten Mal polternd und schnaufend die Kellertreppe herauf, geht mit schwerem Tritt den Flur entlang, durchs Wohnzimmer, über die Veranda in den Garten und zum Schuppen hinüber. Dort legt er ab, was er aus dem Keller heraufgeschleppt hat: einen zerbrochenen Stuhl, ein altes Klappfahrrad, Bündel alter Zeitungen, Eimer mit eingetrockneter Wandfarbe.
Robert?
Die Mutter steht in der Tür.
Warum hilfst du ihm denn nicht ein bisschen? Du hörst doch, wie er sich quält.
Robert, der auf seinem Bett gelegen hat, richtet sich auf.
Warum fragt er nicht, wenn er Hilfe braucht?
Ach, du weißt doch, wie er ist, sagt die Mutter.
Weil sie immer noch in der offenen Tür steht und wartet, erhebt sich Robert jetzt, geht zögernd durchs Wohnzimmer auf die Veranda, sieht den Vater am Schuppen, wie er sich mit beiden Händen den Rücken hält.
Ist es noch viel?, ruft er dem Vater zu.
Ach, der Herr Sohn lässt sich auch mal blicken, sagt der Vater. Jetzt, wo das meiste schon erledigt ist.
Ja, was ist nun? Soll ich dir helfen oder nicht?, fragt Robert.

Du kannst das alte Bettgestell aus dem Keller holen, brummt der Vater.
Während Robert die Kellertreppe hinuntergeht, denkt er, was das für eine Sprache ist, die sie da sprechen, der Vater und er, eine Sprache, in der sich Wort aus Wort, Halbsatz aus Halbsatz ergibt, als sei da nur diese eine Möglichkeit: Ping! – Pong! Den Ball immer wieder zurück ins Feld des Gegners. Das kann immer so weitergehen oder jederzeit aufhören. Es macht überhaupt keinen Unterschied. Ping! – Pong! Ping! – Pong! Wie anders dagegen die Sprache in den Büchern, die in Frau Sternheims Wohnzimmer stehen, wie viel freier sie ist, voller nachdenklich machender Möglichkeiten, voller überraschender Wendungen ins Offene. In diesen Geschichten kann alles am Ende immer noch ganz anders kommen, als wir es in unserem Kleinmut erwarten.
Aber dann, als das Gerümpel aus dem Keller geholt und der Staub und Dreck zusammengekehrt ist, sitzen Vater und Sohn nebeneinander auf der Kartoffelkiste und trinken Bier aus der Flasche.
Eigentlich, sagt der Vater, wollte ich hier immer mal einen Partykeller einrichten.
Einen Partykeller?
Ja, mit einer richtigen Bar, an den Wänden Bänke, ein paar Tische, indirekte Beleuchtung, und in der Mitte Platz zum Tanzen.
Und warum hast du das nicht gemacht?
Der Vater sitzt da, die Hände auf den Knien, den Blick gesenkt. Eine Frage, die noch nie jemand an ihn gerich-

tet, die er sich selbst noch nie gestellt hat. Interessant eigentlich, aber schwer zu beantworten. Je länger man darüber nachdenkt… Lange sitzt der Vater da, schweigend, nachdenklich, blickt einmal den Jungen von der Seite an, wie um sich zu vergewissern, ob die Frage ernst gemeint war, senkt dann wieder den Blick in sich hinein.

Als ich so jung war wie du…, beginnt er dann, stockt, will noch einmal ansetzen, schaut auf, den Mund halb offen, staunend, stumm, als hätten ihn seine eigenen Worte sprachlos gemacht. Oder es ist gar nicht das, was er sagen will, vielleicht gehen seine Gedanken und seine Worte auch getrennte Wege, Wege, die nirgends ankommen, sich im Nichts verlieren.

Seufzen. Abwinken. Schweigen. Eine Weile sitzen sie noch nebeneinander, Vater und Sohn, ohne zu sprechen. Dann schlägt der Vater sich mit beiden Händen auf die Oberschenkel, als wolle er sich zur Ordnung rufen, erhebt sich ächzend, greift nach dem Besen und geht langsam die Treppe hinauf.

24

SONNTAGMORGEN. ROBERT LIEGT noch im Bett, unentschlossen, ob er weiterschlafen oder aufstehen soll, da klopft es an der Fensterscheibe, einmal, zweimal. Tom steht draußen, reckt den Kopf zum Fenster herein.
He, Alter! Komm mal raus, wir müssen was besprechen.
Jetzt??
Es ist neun durch, sagt Tom.
Und was gibt es zu besprechen?
Marita geht es nicht gut.
Marita?
Ja, sagt Tom. Der Andy ist verschwunden. Seit Freitag schon. Sie macht sich Sorgen, dass ihm was passiert ist.
Andy. Kann man sich um Andy Sorgen machen? Verblüfft stellt Robert fest, dass er das bisher gar nicht für möglich gehalten hat.
Willst du reinkommen?
Ich warte draußen, sagt Tom.
Okay. Fünf Minuten.

Als Tom und Robert eine halbe Stunde später im Café Sandmann auftauchen, sitzt Marita schon da, blass, mit geröteten Augen, rührt in ihrem Milchkaffee.
Hi!
Hi!
Hi!

Lange Pause. Die Bedienung kommt, Tom bestellt eine Cola, Robert einen Cappuccino.
Na?
Marita versucht ein Lächeln, rührt in ihrem Kaffee, schweigt. Ein Dackel kommt unter dem Nachbartisch hervor, legt den Kopf schief, schaut die drei der Reihe nach an, kriecht dann wieder zurück unter den Tisch.
Richtig gestritten haben wir uns gar nicht, sagt Marita, ich hab ihm nur mal gesagt, was mir nicht passt …
Also doch, denkt Robert. Ihr Anruf am Freitagabend: Er weiß nicht, was er will, und ich weiß es bald auch nicht mehr … Er hätte merken müssen, dass es ihr nicht gut ging. Aber er hatte andere Dinge im Kopf. Diese Geschichte, die Frau Sternheim ihm erzählt hatte. Er hatte einfach keine Lust zu reden, jedenfalls nicht über Maritas Probleme. Manchmal hilft es, wenn man mit Freunden spricht. Manchmal auch nicht.
Tom sagt: Deswegen brauchst du dir keine Vorwürfe zu machen. Der Andy dreht manchmal ohne Grund durch. Aber das dauert nicht lange. Und dann ist er wieder okay.
Ja, aber heute ist schon Sonntag, sagt Marita. Und seine Eltern wissen auch nicht, wo er steckt.
Maritas Hand auf dem Tisch neben ihrer Tasse. Liegt da, als hätte sie sie dort vergessen. Robert ist einen Augenblick lang ganz versunken in den Anblick der Hand: Weiß ist sie, wie aus Porzellan, auf dem Rücken zeichnet sich unter der Glasur blassblau eine Ader ab. Auf einmal – warum tut er das? – berührt er sie mit den

Fingerspitzen. Wie ein Blinder, der sich vergewissern will, was zu welcher Stimme gehört.
Scheiße, sagt Marita. Scheiße, Scheiße!
Ihre Stimme ist nicht mehr ganz so traurig, fast so, als wollte sie sich selbst Mut machen: Das wird schon wieder. Wenn man darüber redet, ist alles nur noch halb so schlimm.
Ich reg mich viel zu leicht auf, sagt sie.
Aber gleich darauf dann doch wieder: Normalerweise hätte er sich doch längst gemeldet, bei mir oder bei seinen Eltern …
Sich Sorgen machen. Wenn es etwas gibt, was das Erwachsensein auszeichnet, dann, dass man sich Sorgen macht. Roberts Mutter macht sich Sorgen um den Vater und um Robert. Marita macht sich Sorgen um Andy, und Tom und Robert machen sich Sorgen um Marita. Darum sitzen sie hier auf den dunkelbraunen Thonetstühlen an dem runden Tischchen mit der Platte aus künstlichem Marmor, nippen an ihren Getränken und sagen lauter Dinge, die seit eh und je gesagt werden, um Mut zu machen und Trost zu spenden.
Wenn ihm was passiert wäre, sagt Robert, wären seine Eltern doch längst benachrichtigt worden.
Und Tom sagt: Erinnert euch mal an vorletztes Jahr. Da war er auch plötzlich verschwunden, und dann, nach sechs Tagen, kam eine Postkarte aus Siena.
Seelenarbeit. Mühsam kämpfen sich Tom und Robert durch Eis und Schnee den Hang hinauf. Nackter, grauer Fels nun, steil aufragend, der Blick geht nach oben, Haken einschlagen, das Seil hindurchführen, Hände

und Füße suchen Halt in Rissen und auf winzigen Vorsprüngen. Meter um Meter, sich hochziehen, Haken einschlagen, das Seil befestigen. Als sie die Wand durchklettert haben, vor ihnen auf dem Gipfel das Pozellangesicht, leuchtend in der Morgensonne: Marita. Sitzt da und kratzt mit dem Löffel die Zuckerreste aus der Kaffeetasse.
Hi!
Hi!
Hi!
Martin und Sebo kommen, schauen von draußen durchs Fenster, sehen die drei, winken, machen Anstalten, hereinzukommen.
Kein Wort über Andy, sagt Marita. Ich möchte nicht, dass die Sache überall breitgetreten wird.
Tom nickt, Robert nickt. Ehrensache. Kein Wort werden sie zu den anderen darüber verlauten lassen. Aber kaum haben Martin und Sebo sich dazugesetzt, fragt Martin: Wo ist Andy?
Ist unterwegs, sagt Marita. Vielleicht kommt er nachher noch.
Ganz beiläufig sagt sie das, ganz cool. Tom und Robert sind beeindruckt von der schauspielerischen Leistung. Aber dann, ganz plötzlich, schluchzt sie auf, Scheiße, sagt sie und noch einmal: Scheiße! Tränen spritzen ihr aus den Augen, sie schnäuzt sich, springt auf und verschwindet aufs Klo.
Martin und Sebo blicken mit offenen Mündern hinter ihr drein.
Was ist denn los?, fragt Martin.

Tom, die Lippen zusammengepresst, starrt in sein leeres Cola-Glas, sagt nichts. Von ihm, das ist klar, ist keine Auskunft zu erwarten.
Musst sie schon selbst fragen, sagt Robert.
Hm, sagt Martin.
Und Sebo sagt: Das würde ich an deiner Stelle lieber nicht tun.

25

MONTAG UND DIENSTAG: Einweisung in die Praxis der offenen Altenhilfe. Jetzt, nachdem Robert schon fast zwei Monate Dienst tut, soll er erfahren, worauf es ankommt im Umgang mit alten, pflegebedürftigen Menschen. Das Seminar findet im Diakonissenhaus in der Borromäusstraße statt, jeweils von acht Uhr früh bis ein Uhr mittags. An beiden Tagen sind die Zivis vom Dienst befreit. Frau Stechapfel selbst wird für Robert einspringen. Außer am Dienstagnachmittag. Zu Frau Sternheim, sagt Robert zu Frau Stechapfel, brauche sie nicht zu gehen. Das mache er selbst nach Ende des Seminars. Frau Stechapfel schaut ihn über die Brille hinweg lange an: Das hat es hier noch nicht gegeben. Ist vom Dienst befreit und geht trotzdem arbeiten. Unser Robert, denkt sie, ist etwas ganz Besonderes. Oder es liegt an dieser Frau Sternheim. Oder an beiden.

Selbstständigkeit und Würde im Alter. Der gemütliche Herr in T-Shirt und mit Halbglatze erzählt aus der Praxis. Für Robert und Conny im Prinzip nichts Neues. Alle anderen haben den Zivildienst noch vor sich. Die Neuen machen sich eifrig Notizen und lachen über jede der Anekdoten, mit denen der Referent seine Belehrung garniert. Conny, der neben Robert sitzt, räkelt sich, kippelt auf seinem Stuhl. Demonstrative Langeweile. Warum tu ich mir das an?

Noch dazu am frühen Morgen. Jetzt gähnt er, gähnt so laut, dass alle sich erschrocken oder amüsiert umdrehen. Beim zweiten Gähnen unterbricht der Gemütliche sein Referat, kommt näher, stellt sich neben Conny.

Setzen Sie sich gefälligst gerade hin, brüllt er plötzlich. Auch Fortbildung ist Dienst.

Brettspiele für Senioren mit praktischen Übungen. Eine unendlich traurig aussehende, hagere Frau mittleren Alters erklärt, warum Spielen im Allgemeinen, warum Brettspiele im Besonderen für ältere Menschen so wichtig sind. Und:

Lassen Sie sich nicht von der Spielleidenschaft mitreißen!

Spielen Sie ernsthaft, aber versuchen Sie nicht, um jeden Preis zu gewinnen!

Denken Sie immer daran: Im Mittelpunkt steht der alte Mensch!

Dann werden die Spiele verteilt: Mensch ärgere dich nicht, Halma, Dame, Mühle.

Wer kann Schach?

Immerhin drei Teilnehmer melden sich, Conny ist einer von ihnen.

Schach, sagt die Hagere, ist ein kompliziertes Strategiespiel. Damit können Sie ältere Menschen leicht überfordern.

Unfälle, Notfälle, Rechtsfälle. Herr Weinert vom Diakonischen Werk möchte den jungen Leuten selbstverständlich keine Angst einjagen. Aber sie müssten gewappnet sein, weil man nie wissen könne, weil es meistens

anders komme, als man denkt, gerade wenn man nicht damit rechne …
Sagen Sie nicht, das passiert bei mir nicht. Alles, was passieren kann, passiert auch irgendwann.
In der Antike, so Herr Weinert, habe man vier Elemente unterschieden: Feuer, Wasser, Erde, Luft. Die Chinesen dagegen unterschieden bis heute fünf Elemente: Holz, Feuer, Erde, Metall, Wasser. Da fehle dann aber die Luft, und die sei bekanntlich elementar. Also … Er geht an die Tafel und schreibt in großen Buchstaben: Feuer, Wasser, Erde, Luft. Vier Elemente, vier Gefahrenquellen.
Feuer: Zimmerbrände, Verbrennungen. Alte Leute vergessen leicht, den Elektroherd abzuschalten.
Wasser: Wenn Sie im Bad oder in der Küche Wasser rauschen hören, schauen Sie nach!
Erde: Wenn alte Menschen stürzen, brechen sie sich leicht was. Im Zweifelsfalle die Ambulanz rufen.
Luft: Wenn sie morgens Gasgeruch wahrnehmen, als Erstes Fenster auf! Nicht den Lichtschalter betätigen!

Nach dem Mittagessen am Dienstag fahren die meisten Auswärtigen heim. Conny und Robert gehen mit einigen anderen noch ins Café Sandmann. Conny gibt den Erfahrenen: Was die uns da erzählt haben, könnt ihr alles vergessen. Von wegen Brettspiele. Die sitzen doch den ganzen Tag nur vor der Glotze … Kurz vor drei verabschiedet sich Robert.
Wo musst du denn hin?, fragt Conny.
Hab eine Verabredung.
Verstehe, sagt Conny und grinst. So was geht vor.

Robert hat das Buch dabei, das er von Frau Sternheim ausgeliehen hat.
Und? Wie hat es Ihnen gefallen?, fragt Frau Sternheim, als er es wieder ins Regal stellen will.
Gut, sagt Robert.
Das ist alles?
Sehr gut, sagt er. Ich habe es im vorletzten Schuljahr schon einmal gelesen. Aber diesmal hat es mir noch besser gefallen.
Dann schenke ich es Ihnen, sagt Frau Sternheim. Bücher, die man zweimal liest, liest man auch ein drittes Mal.
Die Geschichte von den beiden Schwestern, die ihre jüngste Schwester beneideten. Robert hat Seite um Seite der verwickelten Geschichte vorgelesen, und Frau Sternheim sitzt immer noch in der gleichen Haltung da, das Gesicht ganz porös vor Aufmerksamkeit. Prinz Bahman zuerst, dann auch Prinz Parwez sind bei dem Versuch, den sprechenden Vogel, den singenden Baum und das goldene Wasser zu erringen, gescheitert und in schwarze Steine verwandelt worden. Nun also Prinzessin Perizâde: *… wenn ich auch eine Frau bin, so hab ich doch Mut und Kräfte, die mir durch dies Abenteuer hindurchhelfen werden.*
Robert schaut auf die Uhr, erschrickt: schon zwanzig vor sechs. Und er muss für seinen Vater noch die Sägeblätter für die Stichsäge besorgen.
Ich muss leider hier abbrechen, sagt er. Obwohl es gerade so spannend ist.
Frau Sternheim nickt.
Gut, sagt sie. Wir lesen dann am Freitag weiter. Und als

Robert das Buch ins Regal zurückstellt: Wissen Sie, dass Schehrezad das auch immer so gemacht hat? Sie unterbrach ihre Geschichten am liebsten dann, wenn es besonders spannend wurde. Denn je begieriger der König Schehrijar war, den Fortgang der Geschichte zu erfahren, umso sicherer konnte sie sein, dass er sie am Leben ließ.
Und Sie?, sagt Robert und lacht. Werden Sie mich dem Henker übergeben, wenn ich mit der Geschichte zu Ende bin?
Solange Sie wiederkommen, sagt sie, haben Sie nichts zu befürchten.

26

ANDY IST WIEDER DA. Vier Tage war er vom Erdboden verschwunden. Am Dienstagabend rief er Marita an: Bin wieder da.
Wo warst du?
Auf einer Insel.
Auf welcher Insel?
Auf einer Insel im Wattenmeer.
Und warum hast du nicht angerufen?
Ich habe mein Handy im Auto gelassen. Ich wollte mal ausprobieren, wie es ist, wenn man von allem abgeschnitten ist.

Das musst du dir mal vorstellen, sagt Marita, als sie Robert am Donnerstag anruft: auf einer Insel mit nichts als Gras und ein paar Büschen und Tausenden von Vögeln, die dort ihre Nester bauen und ihre Eier ausbrüten.
Und wovon hat er gelebt?
Cola und Schokolade, sagt sie, und ihrer Stimme ist anzuhören, dass sie immer noch nicht weiß, ob sie das ganze empörend oder lächerlich finden soll.
Ja, und jetzt?, fragt Robert.
Jetzt ist er wieder da, und alles ist wieder wie vorher.

27

DIE GANZE WOCHE über ist Robert nicht im *Schock* gewesen. Jetzt ist Freitagabend, und er liegt auf seinem Bett, starrt an die Decke und kann sich nicht entschließen, aufzustehen und mit dem Rad in die Stadt zu fahren, obwohl er mit Tom und den anderen verabredet ist.
Am Nachmittag war er bei Frau Sternheim. Er kam um einige Minuten zu spät, weil Frau Welach ganz zum Schluss noch eingefallen war, dass die Salbe für ihre offenen Beine ausgegangen war, und Robert unbedingt noch mit dem Rezept zur Apotheke fahren musste.
Na, da sind Sie ja endlich, sagte Frau Sternheim, als Robert in der Tür stand. Ich dachte schon, Sie kommen nicht mehr.
Er hatte kaum das Wohnzimmer betreten, da ging sie auch schon in die Küche, um das Tablett mit dem Tee zu holen.
Setzen Sie sich, rief sie ihm von der Küche aus zu.
Und dann geschah es. Frau Sternheim erschien in der Küchentür, verharrte einen Augenblick, als sei ihr plötzlich etwas eingefallen, ein Ausdruck der Nachdenklichkeit erschien auf ihrem Gesicht, dann der Bestürzung, Fassungslosigkeit, während das Tablett, ganz langsam, wie es schien, ihren Händen entglitt. Es geschah wie in Zeitlupe, Robert sah ihre schreckgeweiteten Augen, ihren halb geöffneten Mund, sah, wie ihre Hände sich öffneten, das Tablett sich ein wenig zur Seite neigte und

zu Boden segelte, die Teekanne, die Tassen, die Untertassen zerbarsten lautlos, auf dem Parkett breitete sich eine glänzende, dampfende Lache aus.
Robert sprang auf. Lassen Sie nur!, rief er, obwohl Frau Sternheim sich gar nicht gerührt hatte. Er lief in die Küche, suchte nach einem Wischlappen, fand ein Schwammtuch auf dem Rand der Spüle. Als er wieder ins Wohnzimmer trat, stand Frau Sternheim immer noch an derselben Stelle und war wie erstarrt. Robert wischte den Boden, ging zwischendurch in die Küche, um das Schwammtuch über der Spüle auszuwringen, sammelte die Scherben auf und warf sie in den Mülleimer. Frau Sternheim stand immer noch da, ohne ein Wort zu sagen.
Das ist doch nicht so schlimm, sagte Robert. Sie haben doch sicher noch eine andere Kanne.
Sie blickte auf.
Ach, die Kanne, sagte sie mit einer verächtlichen Handbewegung, die hatte sowieso schon einen Sprung.
Sie trat an ihn heran und sah ihn durch die starken Brillengläser an, als versuche sie, sich sein Gesicht in allen Einzelheiten einzuprägen.
Ganz nah stand sie vor ihm, blickte von unten zu ihm hinauf, tastete mit weit aufgerissenen Augen jeden Zentimeter seines Gesichts ab. Dann gab sie sich einen Ruck, nahm, als wäre nichts geschehen, in ihrem Lesesessel Platz, stellte die flachen Altdamenschuhe akkurat nebeneinander, legte den Kopf ein wenig zur Seite und sagte:
Heute möchte ich, dass Sie mir etwas anderes vorlesen.

Robert, schon auf halbem Weg zum Bücherregal, blieb stehen.
Links, das dritte Brett von oben, sagte sie. Rainer Maria Rilke, *Die Duineser Elegien*.
Robert wandte sich dem Regal zu, fand nach einigem Suchen den schmalen Band, zog einen Stuhl heran, setzte sich ihr gegenüber und schlug ihn auf. *Die erste Elegie*. Er blickte auf, sah, dass Frau Sternheim die Brille abgenommen hatte und, die Augen weit geöffnet, an ihm vorbei in das helle Sommerlicht schaute, das durch die Fenster hereindrang. Noch immer war der Ausdruck der Bestürzung auf ihrem Gesicht. Als sähe sie etwas da draußen in der sommerlichen Helligkeit jenseits des Fensters, das ihr vielleicht aus einem bösen Traum vertraut war, das sie aber nie und nimmer dort draußen vermutet hätte.
Soll ich uns noch schnell neuen Tee machen?, fragte Robert.
Nein, nein, sagte sie. Lesen Sie! Lesen Sie nur!
Die erste Elegie, las Robert.
Was ist das noch mal, eine Elegie?
Eine Elegie, sagte Frau Sternheim, ist ein nachdenkliches, meist ein wenig schwermütiges Gedicht.
Schwermütig. Robert sah erst sie, dann das Buch in seiner Hand misstrauisch an. Als er schließlich, stockend und unsicher, zu lesen begann, setzte sie nach einer Weile fast unhörbar ein und, allmählich die Stimme erhebend, zwang sie ihn, der sich mit der ungewohnten Syntax des Textes schwertat, sich ihrem Rhythmus anzupassen. *Wer, wenn ich schrie, hörte mich denn aus der*

Engel / Ordnungen? und gesetzt selbst, es nähme / einer mich plötzlich ans Herz: ich verginge von seinem / stärkeren Dasein. Denn das Schöne ist nichts / als des Schrecklichen Anfang, den wir gerade noch ertragen …

Später, als Robert schon auf dem Heimweg war, fiel ihm ein, dass es fast wie in der Kirche gewesen war, als hätten sie zusammen ein Gebet gesprochen. Sie konnte das ganze lange Gedicht auswendig:
O und die Nacht, die Nacht, wenn der Wind voller Weltraum / uns am Angesicht zehrt …
Was waren das für Worte? Wer sprach sie und an welchem Ort?
Im Nachhinein kommt Robert die Szene ganz unwirklich vor. Als hätte Frau Sternheim ihn mit ihrer leisen Stimme in eine Trance versetzt oder er selbst hätte, sich dem Auf und Ab ihrer Stimme überlassend, vorübergehend den Kontakt zur Wirklichkeit verloren, wäre in eine Traumwelt eingetreten, in der die Wörter wie lebendige Wesen in einer Art Prozession an ihm vorüberzogen. *Freilich ist es seltsam, die Erde nicht mehr zu bewohnen, / kaum erlernte Gebräuche nicht mehr zu üben …*
An dieser Stelle hatte sie ihn plötzlich unterbrochen.
Robert?
Ja?
Haben Sie Angst, Robert?
Sie sah ihn nicht an, ihr Blick blieb an ihm vorbei ins Weite gerichtet.
Angst? Ich? Warum?
Wir haben alle Angst, Robert. Auch ich, obwohl ich

schon so alt bin, dass ich mich eigentlich vor nichts mehr fürchten sollte. Nicht einmal vor dem Tod. Die Empfänglichkeit für das Schöne, das ist unsere offene Flanke; wenn wir uns dem Schönen öffnen, sind wir verwundbar.
Sie schwieg, seufzte fast unhörbar, und als Robert, der nicht wusste, was er dazu sagen sollte, nach einigem Zögern gerade mit dem Lesen fortfahren wollte, fügte sie hinzu:
Sie müssen mir eines versprechen, Robert: Gehen Sie der Angst nicht aus dem Weg. Versprechen Sie mir das?
Was meinte sie damit: der Angst nicht aus dem Wege gehen? Als er sich von ihr verabschiedete, hielt sie lange seine Hand und erinnerte ihn noch einmal an das Versprechen. Es war eine merkwürdige Dringlichkeit in ihrer Stimme. Jetzt, auf dem Bett liegend, glaubt Robert für einen Moment an der Zimmerdecke Frau Sternheims feines, fast durchsichtiges Gesicht zu sehen. Wie hieß es in dem Gedicht? ... *das Schöne ist nichts als des Schrecklichen Anfang* ... Robert spürt wieder den leichten Schwindel, der ihn erfasste, als er, gestützt und geführt durch Frau Sternheims leise, aber eindringliche Stimme, Zeile um Zeile dieses merkwürdigen Gedichtes las, das gleiche leichte Schwindelgefühl, das ihn einmal erfasst hatte, als er in einer klaren Nacht, vom *Schock* heimkommend, lange am Gartentor gestanden und in den Sternenhimmel hinaufgeschaut hatte.
Es ist still im Haus, der Vater ist auf der Veranda, eine Zigarette rauchend steht er da und schaut nachdenklich in den Garten hinaus, die Mutter ist noch nicht von der

Arbeit zurück. Zwischenzeit. Robert kann sie geradezu spüren, die Unentschiedenheit, wie alles für einen Moment den Atem anhält. Draußen das weiche Licht, nicht mehr glänzend, noch nicht fahl, kein Laut dringt zum offenen Fenster herein, die Vögel in den Baumkronen warten reglos auf den Anbruch der Dämmerung. Entleerte Zeit. Ist es das, was wir meinen, wenn wir Ewigkeit sagen? Alles um Robert dehnt sich ins Unendliche, dehnt sich aus und schrumpft in einem Punkt zusammen. Das ganze Universum in einem Punkt. Es ist etwas Ungeheuerliches in dem Gedanken, etwas Ungeheuerliches und Tröstliches zugleich.
Das Handy klingelt. Robert schaut auf die Uhr: halb zehn, und die Mutter immer noch nicht da.
Toms Stimme an seinem Ohr:
Wo bleibst du?
Wo seid ihr?, fragt Robert, obwohl die Musik im Hintergrund ihm eigentlich schon die Antwort gibt.
Na, im *Schock* natürlich. Wo sonst?
Okay. Ich komme.
Sagt es, setzt sich auf, schüttelt ein paar Mal den Kopf, als müsse er sich von lästigen Erinnerungen befreien, und bleibt dann doch noch eine Weile sitzen. Es ist schon fast zehn und draußen beginnt es zu dunkeln, als er schließlich nach seiner Jacke greift, die über der Stuhllehne hängt.

28

ALS ER ZUR TÜR HEREINKOMMT, sieht er sie sofort. Sie sitzt in einer Gruppe von Mädchen an einem der großen Tische und schaut genau in dem Augenblick zur Tür, als er hereinkommt. Für einen kurzen Moment treffen sich ihre Blicke. Er versucht ein Lächeln, weiß aber hinterher nicht recht, ob es ihm gelungen ist. Andy und Tom stehen am hinteren Ende der Theke, wo sie immer stehen. Sie winken ihm zu. Als er sich, ein wenig zögernd, zu ihnen gesellt, schiebt Momo ihm ein frisch gezapftes Bier herüber.

Andy ist heute in Spendierlaune, sagt er.

Robert nimmt das Glas, grinst zu Andy hinüber, trinkt einen Schluck.

Was is 'n los? Hast du Geburtstag oder was?

Nur so, sagt Andy. Spendierlaune. Kennst du das nicht?

Robert stellt erst den rechten, dann den linken Fuß auf die Stange, die unterhalb der Theke angebracht ist, stützt sich mit der Linken auf der Theke ab, während er mit der anderen Hand das Glas zum Mund führt, stellt das Glas ab, steckt die Hände in die Hosentaschen, steht auf den Zehen wippend zwischen Tom und Andy, schaut sich um, zieht den Reißverschluss seiner Jacke auf und wieder zu.

Was zappelst du denn so, fragt Tom.

Ich? Ich zappel doch nicht.

Aber natürlich weiß er, dass er lauter unsinnige Bewegungen macht und dass es daran liegt, dass hinter ihm, keine zwei Meter entfernt, sie mit ihren Freundinnen sitzt und er ihren Blick auf seinem Rücken fühlt, auch wenn sie ihn vielleicht gar nicht beachtet.
Und?
Andy grinst Robert an und macht eine Kopfbewegung zu dem Tisch hinüber, wo Fari sitzt.
Was und?
Robert tut so, als verstünde er nicht, was Andy meint.
Die Kleine von neulich sitzt da und wartet, dass du sie zum Tanzen aufforderst.
Bei der Scheißdiscomusik, sagt Robert.
Ab elf legt DJ Waco auf, sagt Tom. Dann hast du keine Ausrede mehr.
Martin und Sebo kommen. Sie wollen morgen nach Dortmund in die Gruga fahren, wo Helge Schneider auftritt. Ob sie nicht mitfahren wollen? Andy kann nicht, weil er Marita versprochen hat, ihr bei der Vorbereitung auf die theoretische Fahrprüfung zu helfen. Tom weiß nicht, will es sich überlegen.
Und du?, fragt Martin.
Was ist?
Robert hat gar nicht zugehört. Er hat nur immer daran gedacht, dass er jetzt eigentlich zu ihr hinübergehen und irgendetwas sagen, dass er sie zum Tanzen auffordern müsste, bevor sie womöglich geht oder ein anderer ihm zuvorkommt.
Ob er mitkomme in die Gruga?
Wann?

Morgen.
Ich nicht, sagt Robert. Ich habe Sonntag Dienst.
Was sind das bloß für Penner! Lauter Luschen. Kriegen den Arsch nicht hoch. Martin und Sebo machen sich auf, um andere Mitfahrer zu suchen.
Du warst im Krankenhaus, sagt Andy.
Ja, sagt Robert. Hat Tom es dir erzählt?
Klar, sagt Andy und strahlt. Hab ich doch immer gesagt. Die ist bald wieder okay.
Trotzdem ..., sagt Robert.
Andy setzt sein Bierglas auf der Theke ab und schaut Robert an: Was trotzdem?
Es ist ein lauernder Unterton in Andys Stimme. Robert räuspert sich, seine Kehle ist trocken, er muss erst einmal einen Schluck aus seinem Bierglas nehmen.
Was trotzdem?, fragt Andy noch einmal. Aus dem lauernden Unterton ist ein drohender geworden.
Robert spürt, wie eine Taubheit sich in seinem Körper ausbreitet, wie damals, vor fünf oder sechs Jahren, als er zum ersten Mal in der Badeanstalt vom Dreimeterbrett sprang. Na los, rief der Bademeister, der die Fahrtenschwimmerprüfung abnahm, und als Robert, auf dem Brett stehend, sich umdrehte, sah er Andy und Sebo hinter sich, und Andy rief:
Na, was is? Haste Schiss?
Die Angst zu versagen und mehr noch die Angst, sich vor den anderen zu blamieren, plötzlich ihre Achtung zu verlieren, nicht mehr dazuzugehören. Robert hat Frau Sternheim versprechen müssen, dass er der Angst nicht aus dem Weg geht. Vielleicht ist das der Grund,

warum er jetzt, leise, aber doch deutlich genug, sodass Andy und Tom es hören können, sagt:
Noch einmal mache ich bei so was nicht mit.
Robert erschrickt über sich selbst. Er weiß, dass er eine Grenze überschritten hat. Oder er hat eine Grenze gezogen, eine Grenze zwischen sich und Andy, zwischen sich und den anderen.
Noch einmal mache ich bei so was nicht mit.
Er wundert sich über die Bestimmtheit, mit der er es sagt. Als hätte er es sich vorher zurechtgelegt, wäre mit dem Vorsatz hierhergekommen, mit diesem Satz die Grenze zu den anderen zu markieren: Ich. Noch einmal mache ich bei so was nicht mit. Aber jetzt, da es gesagt ist, hat er Angst vor dem Anspruch, der sich in diesem Ich zu Wort meldet. ... *wenn ich ein Taugenichts bin, so ists gut, so will ich in die Welt gehen und mein Glück machen.* Das ist der Traum, der Traum von der Leichtigkeit. Von der Angst und dass man ihr nicht aus dem Wege gehen soll bei Eichendorff kein einziges Wort.
Was soll das heißen: Noch einmal mach ich bei so was nicht mit?, fragt Andy. Willst du etwa deine Freunde verpfeifen?
Wir hätten die Frau nicht da liegen lassen dürfen, sagt Robert leise. Kleinlaut klingt es, er ist sich seiner Sache gar nicht mehr sicher.
Na klar.
Andy kommt näher und zischt ihn an.
Du kannst gut reden. Dir wäre ja nichts passiert. Du hast ja nicht mal einen Führerschein, den sie dir ab-

nehmen könnten. Aber mich hätten sie am Arsch gekriegt.
Erst jetzt merkt Robert, dass die Musik aufgehört hat. Die Gespräche ringsum scheinen auf einmal verstummt zu sein, ihm ist, als ob die Aufmerksamkeit aller auf Andy, Tom und ihn gerichtet wäre. Er steht da, ein wenig von den Freunden abgerückt, wie man es macht, wenn man Personen genauer in Augenschein nehmen will. Das da ist Andy: Jeans, T-Shirt und Lederjacke, die langen gelbbraunen Haare von einem Stirnband gehalten. Und das da ist Tom: Jeans, Pullover auf nackter Haut. Tom schielt zu Andy hinüber, als erwarte er von ihm Aufklärung darüber, wie die Situation zu verstehen sei. Aber Andy rührt sich nicht, steht nur da, den Blick auf sein Glas gerichtet, und schweigt. Irgendwann sagt er:
Na gut. Dann wissen wir ja, woran wir sind.
Er sagt wir. Wir wissen, woran wir sind. Wer ich sagt, darf sich nicht wundern, wenn die anderen wir sagen. Für einen Augenblick spürt Robert, wie ihn Panik zu erfassen droht. Er ist zu weit gegangen, er hat etwas gesagt, was er niemals hätte sagen dürfen. Was, wenn die anderen ihn künftig schneiden? Nicht nur Andy und Tom, sondern auch Martin und Sebo? Er ist drauf und dran, das Gesagte zurückzunehmen, es zumindest abzumildern, einzuschränken: So war das nicht gemeint. Aber da setzt die Musik wieder ein, und plötzlich ist Fari neben ihm:
Tanzen wir?
Er fährt herum, starrt sie an, als erblicke er sie zum ers-

ten Mal: ihre großen dunklen Augen, kein Spott ist darin, ernst sehen sie ihn an, ernst und forschend. Was bist du für ein Mensch, fragen diese Augen, und Robert liefert sich ihrem Blick aus, lässt ihn in sich ein, damit er selbst dort die Antwort finde, die er nicht zu geben wüsste.

Ja, sagt er nach einer Weile, ergreift ihre Hand und geht mit ihr zur Tanzfläche hinüber.

29

ALS ROBERT AM NÄCHSTEN MORGEN aufwacht, ist es schon nach elf. Von draußen dringt das Geräusch des Rasenmähers herein. Er liegt da, die Augen weit geöffnet, sein Magen krampft sich zusammen vor Glück.
Ihr Duft, wie ein warmes Tuch legt er sich auf seine Stirn, hüllt seinen ganzen Körper ein. Regungslos liegt er da, die Augen geschlossen, er wagt kaum zu atmen vor Glück.
Ich sah unverwandt die schöne Gräfin an, die ganz erhitzt vom Laufen dicht vor mir stand, sodass ich ordentlich hören konnte, wie ihr das Herz schlug. Ich wusste nun aber gar nicht, was ich sprechen sollte vor Respekt, da ich auf einmal so allein mit ihr war. Endlich fasste ich ein Herz, nahm ihr kleines, weißes Händchen – da zog sie mich schnell an sich und fiel mir um den Hals, und ich umschlang sie fest mit beiden Armen.
Und dann plötzlich wie ein Stich der Gedanke, er könne das alles nur geträumt haben, ihre Stimme, die Wärme ihres Körpers, ihre Lippen auf den seinen.
Während sie tanzten, sprachen sie kaum ein Wort, und auch später, als er sie nach Haus begleitete, gingen sie zumeist schweigend nebeneinander her. Aber dann, vor ihrem Haus, als das Schweigen unerträglich wurde, da sagte er unvermittelt:
Du hast recht.
Was meinst du?

Das mit der Zeitungsausträgerin … das waren wir.
Und dann erzählte er ihr, wie sie bei lauter Musik durch die Nacht gefahren seien und dass plötzlich ein Fahrrad aufgetaucht sei, dass Andy noch versucht habe, das Steuer herumzureißen, dass es da aber schon zu spät gewesen sei, dass sie angehalten hätten, sogar ausgestiegen, dann aber doch weitergefahren seien, weil Andy seinen Führerschein nicht habe verlieren wollen, dass er, Robert, als er schon zu Hause gewesen, noch einmal zur Unfallstelle zurückgelaufen sei und gesehen habe, wie der Krankenwagen abgefahren sei.
Und darum warst du im Krankenhaus. Du wolltest wissen, wie es der Frau Lehmann geht.
Robert stand da, die Augen niedergeschlagen, nickte stumm.
In diesem Augenblick schlang sie ihre Arme um seinen Hals und küsste ihn, zuerst auf die Stirn, dann auf den Mund.

Es klopft an seiner Tür. Mutters Stimme, Frühstück! ruft sie, und dann nach einer Weile noch einmal die Stimme der Mutter, weiter weg, auf der Veranda. Der Rasenmäher schweigt. Robert rührt sich immer noch nicht, hält die Augen geschlossen, weil er fürchtet, dass von seinem Glück nicht viel übrig bleibt, wenn er das Bett verlässt und diesen Tag betritt. Schließlich springt er doch aus dem Bett, zieht den Bademantel an und geht ins Bad. Misstrauisch betrachtet er sein Gesicht im Spiegel. Was ist mir zugestoßen? Ist es mir zugestoßen? Kann es sein, dass sie wirklich mich meint?

In der Küche ist niemand.
Wir sind hier, ruft die Mutter von der Veranda.
Die Eltern sitzen mit aufgeräumten Gesichtern am gedeckten Tisch und warten auf ihn. Ein Frühstück zu dritt, das hat es lange nicht mehr gegeben in diesem Haus.
Wir haben auch lange geschlafen, sagt die Mutter. Und du? Ich hab dich gar nicht heimkommen hören.
Ich war im *Schock*, sagt Robert. Kann schon sein, dass es spät geworden ist.
Der Vater sagt: Die Leberwurst musst du probieren. Ist von Großmann.
Einer jener Tage, an denen es so aussieht, als könne alles doch noch gut werden. Der Vater wie verwandelt, die Mutter auch. Robert sitzt da, den Kopf gesenkt, wirft ab und zu einen schnellen Blick zur Mutter, zum Vater hinüber.
Was hast du heute vor?
Die Frage der Mutter klingt beiläufig, nicht drängend wie sonst.
Weiß noch nicht, antwortet Robert. Wahrscheinlich geh ich nachher kurz zu Tom.
In seiner Hosentasche der Zettel mit ihrer Telefonnummer. Vielleicht sitzt sie in diesem Augenblick auch gerade beim Frühstück. Mit ihrer Mutter. Der Vater, das hat sie ihm erzählt, lebt in einer anderen Stadt, ihre Eltern sind geschieden. Seit mehr als drei Jahren. So viel weiß er mittlerweile über sie. Was weiß er noch? Robert stellt die Kaffeetasse auf den Tisch, streicht sich ein Brot mit Leberwurst und beißt hinein.

Schmeckt gut, sagt er kauend.
Leberwurst, sagt der Vater, als gehe es darum, einen ereignisreichen Vormittag zusammenzufassen, Leberwurst nur von Großmann.
Robert hat ihre Telefonnummer noch gestern Nacht in seinem Handy gespeichert. Er braucht nur eine Taste zu drücken, dann klingelt es bei ihr. Aber er zögert noch. Was soll er sagen, wenn sie abhebt? *Hallo! Hallo!* Und dann? Was, wenn ihre Mutter dran ist? *Hier ist Robert. Kann ich mal Fari sprechen?* Es kommt darauf an, es richtig zu machen. Das richtige Wort im richtigen Moment. Aber woher soll er wissen, wann der richtige Moment ist? Lange sitzt Robert auf seinem Bett, das Handy in der Hand. Schließlich ruft er Tom an: Was machst du heute?
Tom weiß nicht recht, hat nichts vor. Er wird nicht mit den anderen nach Dortmund in die Gruga fahren, das steht fest.
Und du?
Vielleicht komm ich nachher mal kurz bei dir vorbei, sagt Robert.

Als Robert schließlich doch bei Fari anruft, ist sie gleich dran.
Ausgeschlafen?, fragt sie. Und: Was machst du heute?
Weiß nicht. Und du?
Fari hat keine Pläne für den Tag, aber, wenn er wolle, könne er sie ja mal besuchen.
Wann?
Meinetwegen gleich.

Erst als er schon vor ihrer Haustür steht, fällt Robert ein, dass er nicht einmal weiß, wie sie mit Nachnamen heißt. *Schmitz* steht auf dem einen Klingelschild, auf dem anderen *Sahabi*. Nach kurzem Überlegen drückt Robert auf den Knopf bei *Sahabi. Fari Sahabi,* das kann er sich vorstellen. Aber *Fari Schmitz?* Als die Tür aufgeht, steht vor ihm eine elegant gekleidete Frau, die ihn mit einem Lächeln begrüßt:

Ah, Sie sind Robert, nehme ich an.

Ihre Stimme ist weich, von gutturalem Klang, ihr Deutsch akzentfrei, und doch ist etwas Fremdes in ihrer Stimme. Sie bittet ihn ins Haus, geht ihm ins Wohnzimmer voran, lässt ihn auf dem breiten Sofa Platz nehmen, setzt sich selbst in einen der Sessel ihm gegenüber.

Fari kommt gleich, sagt sie.

Jetzt muss er etwas sagen, aber ihm fällt nichts ein. Zum Glück fällt ihr etwas ein.

Fari hat mir erzählt, dass Sie bei der Altenhilfe arbeiten.

Ja, sagt Robert. Ich mache da meinen Zivildienst.

Und dann?

Dann will ich studieren. Maschinenbau.

Robert spürt, dass er einen roten Kopf bekommt, als hätte er etwas Dummes gesagt. Maschinenbau. Ob das wirklich sein Herzenswunsch sei, hat Frau Sternheim ihn gefragt, und seitdem rumort da etwas in ihm. Ihm ist, als hätte er Frau Sahabi soeben eine Lüge aufgetischt.

Na ja, sagt er, eigentlich weiß ich noch nicht genau, was ich studieren will.

Zum Glück kommt in diesem Augenblick Fari, sagt Hallo, beugt sich zu ihm herunter, eh er aufstehen kann, und küsst ihn auf die Wangen.
Gehen wir ein Stück spazieren?
Robert ist schon aufgesprungen.
Klar, sagt er. Wohin gehen wir?
Wir können durch die Auewiesen zum Alten Forsthaus gehen.
Natürlich, durch die Auewiesen zum Alten Forsthaus. Robert ist zwar noch nie am Alten Forsthaus gewesen, aber jetzt, da sie vor ihm steht und ihn anstrahlt, erscheint ihm kein Ziel erstrebenswerter als dieses. Fari gibt ihrer Mutter einen Kuss auf beide Wangen.
Vielleicht sind wir zum Tee wieder da.
Macht, was ihr wollt, sagt Frau Sahabi. Ich bin heute Nachmittag sowieso nicht zu Haus.

30

EINER DIESER TAGE, die sich wie ein Schleier über die Augen legen. Egon Markmann streift durch den Garten, vorbei an den Rosen, den Johannisbeersträuchern, steht lange vor der offenen Schuppentür, ohne zu wissen, weshalb er da steht und ins dämmrige Innere des Schuppens starrt. Dann geht er ins Haus, setzt sich im Wohnzimmer in einen Sessel, greift nach der Zeitung, legt sie gleich wieder auf den Tisch. Lange geht er zwischen Kommode und Fenster auf und ab. Nachdenklich? Vielleicht. Obwohl man das kaum Denken nennen kann, dieses ziellose Ruminieren halber unausgesprochener Sätze. Einmal schaut Edith durch die angelehnte Tür herein, sieht ihn auf und ab gehen, runzelt die Stirn und verschwindet wieder in die Küche.

Egon Markmann ist gefangen, gefangen in seinem selbstgebauten Labyrinth. Wohin er sich auch wendet, immer blickt er in eine Sackgasse. An sich ist das kein Unglück, könnte man meinen, es gibt ja für ihn nichts zu tun, er muss ja nirgends hin, kein Ziel erreichen, keinen Terminplan einhalten. Aber diese Unruhe in ihm, dieser blinde Drang ins Ungewisse, das, was andere Zukunft nennen oder Planung oder ihre Aufgabe, bei ihm verläuft es sich in ungerichteter Motorik. Drei Schritte hin, drei Schritte her, von der Kommode zum Fenster, vom Fenster zur Kommode.

Und dann ist plötzlich Werner an der Gartenpforte. Egon schaut, als es klingelt, wie gewöhnlich aus dem Fenster und sieht ihn sofort, sieht ihn und glaubt nicht, was er sieht. Was will denn der, denkt er. Aber dann stellt er zu seiner eigenen Überraschung fest, dass er sich fast ein wenig freut. Werner kommt ihn besuchen. Nach so langer Zeit. Fast drei Jahre ist er nicht mehr hier gewesen. Und jetzt kommt er auf die Haustür zu, als wäre es das Normalste von der Welt: Ein Freund schaut bei einem Freund vorbei, um zu sehen, wie es ihm geht. Trotzdem, Egon wird sich nicht anmerken lassen, dass er sich freut, weil er eigentlich Grund hätte, wütend zu sein, dass der es wagt, hier aufzukreuzen nach allem, was zwischen ihnen passiert ist.
Was willst du denn hier?, fragt er, in der offenen Tür stehend.
Aber noch ehe Werner wegen der unfreundlichen Begrüßung beleidigt sein kann, ruft Edith schon aus dem Hintergrund:
Komm doch rein, Werner! Das ist aber schön, dass du uns mal besuchst.
Werner ist einen halben Kopf kleiner als Egon, aber breiter in den Schultern, und wie sich die beiden Männer in dem engen Flur gegenüberstehen, wirken sie wie zwei Elefantenbullen, die jeden Augenblick aufeinander losgehen können. Vielleicht machen sie aber auch nur so finstere Mienen, weil sie nicht wissen, wie es jetzt weitergeht, was man in einer solchen Situation sagt und wie man es sagt. Da ist es gut, dass Edith den Überblick behält.

Komm hier durch, Werner, sagt sie. Wir sitzen auf der Veranda.
Dass Edith Werners Besuch eingefädelt hat, kann Egon nicht wissen, und Werner gibt sich Mühe, den Eindruck zu erwecken, als sei sein Besuch ein spontaner Einfall.
Ich war grad in der Nähe, sagt er, und da dachte ich …
Setz dich, Werner, sagt Edith, und Egon, der sich immer noch nicht von seiner Überraschung erholt hat, schiebt ihm doch tatsächlich aus lauter Verlegenheit oder aus Höflichkeit, wer kann das wissen, den Stuhl hin.
Während Edith in die Küche geht, um Bier aus dem Kühlschrank zu holen, sitzen sich Egon und Werner gegenüber und wissen offenbar beide nicht so recht, was sie sagen sollen.
Richtig schön habt ihr es hier, der Garten, die Veranda …
Na, sagt Egon, du wohnst doch auch nicht schlecht.
Stimmt, sagt Werner, und dann fügt er etwas hinzu, was Egon aufhorchen lässt: Und jetzt, wo ich endlich Zeit hab, kann ich mich auch mal um den Garten kümmern.
Wieso?
Egon stutzt.
Was heißt das: Jetzt, wo du endlich Zeit hast?
Werner zieht sein Taschentuch hervor, schnäuzt sich umständlich, steckt das Taschentuch wieder weg.
Ich bin mit achtundfünfzig raus, sagt er. War die letzte Gelegenheit. Ende des Jahres läuft die Regelung aus.
Sieh mal an! Werner also auch. Egon weiß gar nicht, was er dazu sagen soll, und als Edith jetzt mit dem

Bier kommt, gießt Egon ein, und sie prosten sich schweigend zu. Werner in Frühpension. Na ja, für Werner ist das finanziell kein Problem. Sein Haus ist abgezahlt, die Kinder stehen auf eigenen Füßen, seit dem Tod seiner Frau lebt er allein. Da wird es schon reichen. Trotzdem …

Und dir fehlt nichts, die Arbeit, die Kollegen, der Betriebsrat?

Nee, sagt Werner. Ich bin froh, dass ich das alles vom Hals hab. Is ja alles nicht mehr so wie früher. Meinen Platz im Betriebsrat hat jetzt der junge Perkuhn. Du kennst ihn. Is ’n tüchtiger Kerl. Und ich hab meinen Garten, geh zweimal in der Woche zum Schachclub. Besser hätte ich es im Grunde gar nicht treffen können.

Ja, sagt Edith. Die Menschen sind verschieden. Für dich ist das ideal, aber für Egon ist das nichts, so ganz ohne Aufgabe, ohne Verantwortung.

Es ist das Stichwort für Werner. Aber der reagiert nicht, redet einfach weiter über den Schachclub und seinen Garten und dass er die zwei alten Tannen absägen will, die ihm auf der Terrasse Schatten machen, aber von der Stadt die Genehmigung nicht bekommt, weil für die Grünen im Stadtrat Bäume wichtiger seien als Menschen.

Nicht mal auf deinem eigenen Grundstück kannst du heute mehr einen Baum fällen.

Was Egon braucht, sagt Edith, ist eine Aufgabe, etwas, wo er sich nützlich machen kann und außerdem noch ein bisschen was dazuverdient.

Mitten hinein in Werners Wortschwall sagt sie es. Werner hält inne, wirft ihr einen schnellen Blick zu und kratzt sich am Kopf. Dann räuspert er sich, nimmt einen Schluck aus seinem Glas und sagt: Ja, wenn das so ist... Da fällt mir gerade was ein... Beim TSV suchen sie einen neuen Platzwart. Ich bin da im Vorstand, wie ihr wisst. Vielleicht könnte man da was machen...

Na, endlich, denkt Edith. Wenn sie ihn nicht mit der Nase drauf gestoßen hätte, hätte er womöglich ganz vergessen, wozu er hier ist. Und dann an Egon gewandt:

Na, das klingt doch interessant. Was sagst du dazu?

Egon, der nicht weiß, was da gespielt wird, vielleicht auch nur mit einem halben Ohr zugehört hat:

Platzwart? Macht das nicht der alte Barntrop?

Schon lange nicht mehr, sagt Werner. Die letzte Zeit hatten wir einen Kroaten. Aber der geht jetzt zurück, weil er seine Familie nicht nachholen darf.

Und du meinst, sagt Egon, die nehmen so einen wie mich?

Am Ende geht alles so auf, wie Edith und Werner es vor einigen Tagen, als Edith später als sonst von der Arbeit nach Haus kam, bei einem Glas Bier besprochen haben. Egon signalisiert vorsichtiges Interesse, und Werner geht gleich in die Details: Der Platzwart hat den Platz in Ordnung zu halten, vor jedem Spiel die Linien auf dem Spielfeld nachzuziehen, die Gerätekammer zu verwalten und die Bälle und die Trikots auszugeben. Wenn Spiele stattfinden, muss er auf dem Platz anwe-

send sein, beim Training nicht unbedingt, weil der Trainer einen Schlüssel zum Geräteraum hat. Dafür gibt es zweihundert Euro im Monat.
Hm, sagt Egon. Und wann entscheidet sich das?
Diese Woche noch, sagt Werner. Und wenn ich dich vorschlage … Die kennen dich doch alle noch von früher. Hast schließlich lange genug in der Ersten gespielt.

31

ES IST GAR NICHT so einfach zu wissen, wer man ist. Robert hat den ganzen Vormittag bei dem Ehepaar Meergans zugebracht. Herr Meergans ist fast achtzig, er leidet an Muskelschwund und kann sich auch im Rollstuhl nur mit äußerster Anstrengung bewegen, sie ist zehn Jahre jünger, robust, aber von einer Dumpfheit, die an Schwachsinn grenzt. Als Robert kam, hörte er schon im Treppenhaus, wie sie sich stritten. Sie schrien so laut, dass sie sein Klingeln nicht hörten und er den Wohnungsschlüssel benutzen musste. Es ging wie immer um Geld. Frau Meergans stand im Wohnzimmer, den Rücken gegen die Kommode gepresst, die Arme vor der Brust verschränkt, und machte ein trotziges Gesicht. Vor ihr ihr Mann in seinem Rollstuhl zeterte, sie solle die Schublade freigeben.
Versuch's doch! Versuch's doch!, giftete sie zurück.
Als Robert ins Zimmer trat, verstummten sie für einen Moment, fingen aber gleich wieder an, sich anzuschreien. Schließlich drehte sich Herr Meergans in seinem Rollstuhl um und verlangte von Robert, er solle in der oberen Schublade der Kommode nachsehen, wie viel Geld unter den Prospekten liege.
Schauen Sie nach!, schrie er. Ihnen kann sie es nicht verwehren.
Robert hat schon eine gewisse Routine im Umgang mit hilflosen und bösen alten Menschen. Vor zwei Mona-

ten hätte ihn eine solche Situation noch völlig überfordert. Jetzt schiebt er Herrn Meergans einfach ans Fenster, setzt sich ihm gegenüber in den Sessel, nimmt einen Zettel und einen Stift und fragt: Was soll ich für Sie einkaufen, Herr Meergans?
Das Geld, schreit Herr Meergans mit seiner zittrigen Fistelstimme. Sie müssen nachsehen, wie viel Geld in der Schublade ist.
Das Geld, sagt Robert, das hole ich mir dann schon. Zuerst machen wir einmal die Einkaufsliste.
Niemand hat ihn auf Situationen wie diese vorbereitet. Aber mittlerweile weiß er, was zu tun ist, tut es mit erstaunlicher Selbstsicherheit. Was ihn selbst verblüfft: Er verfügt über so etwas wie Autorität, er, der um so vieles Jüngere, schafft es mit souveräner Gelassenheit, die Situation zu beruhigen. Vielleicht ist ja das, was andere unsere Persönlichkeit nennen, nichts anderes als der Niederschlag einer gewissen Routine.

Robert sitzt im Bunsenpark auf einer Bank und macht Mittagspause. Er sitzt unter einer Rotbuche, um ihn herum fällt sanft der Regen zu Boden. Das leise Rauschen hüllt ihn ein, versetzt ihn in eine schläfrige Wachheit. Gedämpft nur dringen die Geräusche der Stadt zu ihm. Erwachsen sein, was heißt das eigentlich? Andy ist erwachsen, obwohl er gerade mal zwei Jahre älter ist als Robert. Die Eltern sind erwachsen. Erwachsen sein heißt, für jedermann erkennbar so zu sein, wie man ist. Robert weiß nicht, wie er ist. Er träumt davon, in die Welt hinaus zu gehen, von Station zu Station einem

vorgezeichneten Weg zu folgen, und am Ende ist er der, der diesen Weg gegangen ist.
Gestern am Alten Forsthaus hat Fari plötzlich zu ihm gesagt: Du bist so ernst. Das mag ich an dir.
Noch jetzt spürt er, wie erst ein leichter Schreck, dann ein Glücksgefühl ihn durchfuhr, als sie das sagte. Er ist ernst, er ist nachdenklich, will es allen recht machen, kann nichts auf die leichte Schulter nehmen. Sie mag das, hat sie gesagt. Aber er träumt davon, als Taugenichts unbekümmert in die Welt zu ziehen. Einmal hat er gehört, wie Herr Wesendonk zu Frau Stechapfel sagte: Den Robert wirft so leicht nichts um. Herr Wesendonk meinte es als Anerkennung, das konnte man hören. Ist er auch das? Der, den so leicht nichts umwirft?
Robert hat auf einmal das deutliche Gefühl, dass etwas in seinem Leben zu Ende geht und etwas Neues, Ungewisses beginnt. Noch nie hat er sich gefragt, wie es wohl wäre, wenn er in zehn, zwanzig Jahren auf sein jetziges Leben zurückblicken würde. Aber jetzt auf einmal sieht er sich auf einer Bank in einem Park, das Fahrrad hinter ihm an den Stamm eines Baums gelehnt, er sieht einen jungen Mann, von dem er sagt: Das bin ich, ich als Zivi, kurz vor meinem neunzehnten Geburtstag, in einem Park in meiner Heimatstadt. Damals wusste ich noch nicht, wer ich war.
Man kann etwas suchen, ohne zu wissen, was man sucht, und wenn man es gefunden hat, weiß man, dass es genau dies war, was man zu finden hoffte. Robert hat das Gefühl, dass er einem Geheimnis auf der Spur ist, einem Geheimnis, das unter dem Schleier dieses leisen

Sommerregens verborgen ist. Es kann nicht mehr lange dauern, dann wird es sich ihm enthüllen. Ist es Fari, die ihm diese Zuversicht einflößt? Noch weiß er nicht, wer er ist. Aber er wird es herausfinden. Mit ihrer Hilfe vielleicht.

32

SAMSTAG. EIN TAG WIE SEIDE, sagt Edith. Auf der Straße vor dem Haus steht der Kleinlaster von der Schreinerei Zülpich, beladen mit dem alten Gerümpel aus dem Keller. Egon hat ihn sich ausgeliehen, um damit zum Wertstoffhof zu fahren. Edith auf der Terrasse steht vor dem gedeckten Tisch. Einen Augenblick steht sie wie geistesabwesend da, die rechte Hand an die Stirn gelegt, als versuche sie sich an etwas zu erinnern, etwas, das ihr entfallen ist, obwohl es von großer Bedeutung wäre, es gerade jetzt ans Licht zu ziehen. Dann, ganz plötzlich, gibt sie sich einen Ruck, nimmt die Kanne und gießt Kaffee ein.

So, jetzt wird erst einmal gefrühstückt, ruft sie ihren beiden Männern zu.

Frühstück auf der Terrasse. Kaffee, Zeitung, Leberwurst von Großmann. Bei den Markmanns, so könnte man meinen, kommen die Dinge wieder ins Lot. Wenn Egon jetzt noch die Stelle beim TSV kriegt …

Edith Markmann bewegt sich mit äußerster Vorsicht zwischen ihren kleinen Hoffnungen, sie lässt sich nicht anmerken, was ihr an diesem milden Morgen im Kopf herumgeht. Aus den Augenwinkeln sieht sie ihre beiden Männer am Tisch sitzen, stumm kauen sie, schlürfen den Kaffee aus der Tasse, die sie mit beiden Händen halten. Wie ähnlich sie sich sind, denkt sie und erschrickt sogleich, als hätte sie den

Gedanken ausgesprochen und die prekäre Balance zerstört.

Wir müssen los. Sonst nehmen die beim Wertstoffhof das Zeug nicht mehr an.

Egon schlägt sich mit beiden Händen auf die Oberschenkel, springt auf, entschlossen, tatkräftig, fast schon wieder der Alte.

Auf dem Rückweg könnt ihr bei der Reinigung mein Kleid abholen, sagt Edith und drückt Robert einen Zettel in die Hand.

Egon sagt nichts. Dass das zu teuer ist, zum Beispiel, dass sie es sich nicht leisten könnten, ihre Kleider in die Reinigung zu bringen. Vielleicht hat er es auch gar nicht gehört. Oder es ist ein weiteres Zeichen, dass nun alles anders wird.

33

ROBERT HAT SEIN FAHRRAD in den Schuppen gestellt, seinen Rucksack auf sein Bett geworfen und ist in den Garten gegangen, weil es ein so milder Sommerabend ist. Sein Handy ist in seinem Rucksack. Darum hört er nicht, wie es klingelt, einmal, nach zehn Minuten noch einmal. Er liegt in der Sonne und denkt darüber nach, wie es wäre, wenn er im August mit Fari in Urlaub fahren würde. Im August hat er zwei Wochen frei. Sie könnten nach Dalmatien fahren, wo die Hotels jetzt besonders billig sein sollen. Andy und Marita wollen nach Dalmatien. Zu viert wäre es vielleicht leichter als zu zweit. Aber nach neulich Abend wird Andy mit ihm wohl nicht mehr Urlaub machen wollen. Und wenn er ihn einfach fragt? Wenn er einfach so tut, als sei nichts gewesen?

Ihr Name. Auch wenn er ihn nur denkt, schnürt es ihm schon die Kehle zu. Er liegt da, in der milden Abendsonne auf dem Rasen, die Augen geschlossen, und flüstert ihn vor sich hin: Fari. Viele Male hintereinander flüstert er ihren Namen, und jedes Mal ist es ein kleines Wunder, dass er ihn überhaupt herausbringt. *Alles Schöne ist des Schrecklichen Anfang.* Ihren Namen auszusprechen, löst eine Woge des Glücks in ihm aus, zugleich aber beschleicht ihn der Verdacht, dass er dieses Glück nicht verdient. Als maße er sich an, was ihm nicht zusteht, als breche er dreist ein Tabu. Es ist Seligkeit in dem Klang ihres Namens, Seligkeit und zugleich etwas, das ihm Angst macht, ihm die Kehle zuschnürt.

Telefon!
Die Stimme des Vaters. Er steht auf der Veranda winkt ihm.
Für mich?
Normalerweise wird Robert nur auf seinem Handy angerufen.
Eine Frau Sahabi oder so ähnlich, sagt der Vater, als Robert ins Wohnzimmer kommt. Robert nimmt das Telefon und geht in sein Zimmer.
Ja?
Hallo.
Es ist Fari.
Woher hast du die Nummer?
Aus dem Telefonbuch, sagt sie. Du gingst nicht an dein Handy. Ist es dir peinlich, wenn ich bei dir zu Haus anrufe?
Ich war im Garten, sagt er. Und: Schön, dass du anrufst.
Ihre weiche Stimme, sie ist tiefer als die Stimmen der anderen Mädchen, die er kennt. Wie ein unterirdischer Fluss, denkt er und weiß nicht, woher ihm das Bild in diesem Augenblick kommt.
Ob er heute Abend schon etwas vorhabe?
Heute Abend? Nein …, sagt Robert.
Der ruhige Fluss ihrer Stimme, alle Angst, alle Unsicherheit ist mit einem Mal weggespült.

Bin eben erst von der Altenhilfe zurück.
Übrigens, sagt sie, Frau Lehmann wird Ende der Woche entlassen.
Er schweigt eine Weile. Danke, sagt er dann, obwohl ihr dafür eigentlich kein Dank gebührt. Danke. Und nach einer Pause fügt er hinzu: Und Frau Abel?
Bei der ist es noch nicht so weit, sagt Fari.
Während sie weiterreden, hat Robert ganz deutlich das Gefühl von verrinnender Zeit. Er, der noch kaum zu leben begonnen hat, spürt auf einmal, dass es Fristen gibt, Fristen, in denen Entscheidungen fallen, die alles Spätere bestimmen. Fristen mit festen Begrenzungen, nicht verlängerbar. Und unwiderrufliche Entscheidungen.
Wir haben Glück gehabt, sagt er.
Ja, sagt sie. Und dann ohne Übergang: Wie wäre es, wenn du heute Abend zu uns zum Essen kämst?
Zum Essen? Klar. Wann soll ich kommen?
Halb acht.
Erst als sie aufgelegt hat, fällt ihm ein, dass er noch nie in seinem Leben bei fremden Leuten zum Essen eingeladen war. Jedenfalls nicht allein, ohne seine Eltern. Für einen Augenblick gerät er fast in Panik. Mit dieser Möglichkeit hat er einfach nicht gerechnet. Was heißt das: Sie laden ihn zum Abendessen ein? Muss er Faris Mutter einen Blumenstrauß mitbringen? Wenn seine Mutter jetzt da wäre, könnte er sie fragen. Aber wahrscheinlich würde er es nicht tun.
Halb sechs. Noch fast zwei Stunden Zeit. Wenn er Blumen kaufen will, muss er sich beeilen, denn das Blu-

mengeschäft am anderen Ende der Bredowstraße macht um sechs zu. Oder ist es albern, bei einer solchen Gelegenheit mit einem Strauß Blumen anzukommen? Marita! Sie kann er fragen, sie weiß, was man in solchen Situationen macht. Marita wohnt nicht weit entfernt. Fünf Minuten mit dem Fahrrad. Und vielleicht ergibt sich auch eine Gelegenheit herauszubekommen, ob das mit dem Urlaub in Dalmatien eine gute Idee ist oder nicht.

Robert holt sein Fahrrad aus dem Schuppen und radelt durch die warme Abendluft in die Virchowstraße. Als er klingelt, ist Marita gleich an der Tür, strahlt übers ganze Gesicht.

Willst du mir gratulieren?

Gratulieren? Wozu?

Ich hab die theoretische Fahrprüfung bestanden, sagt sie.

Herzlichen Glückwunsch, sagt Robert.

Es dauert eine ganze Weile, bis er mit seinem Anliegen herausrückt.

Fari, sagt Marita. Andy hat mir schon von ihr erzählt. Eine persische Schönheit. Bist du verliebt?

Marita darf ihn so etwas fragen. Nur Marita. Gleich beim ersten Mal, als Andy sie mit ins *Schock* brachte, war da diese merkwürdige Vertrautheit zwischen Robert und ihr.

Ich glaube ja, sagt er.

Also … Marita ist auf einmal ganz geschäftsmäßig. Wenn das so ist, bringst du ihrer Mutter natürlich Blumen mit. Wie ist sie?

Wer?
Faris Mutter. Ist sie eine einfache Frau oder eher gebildet, elegant?
Elegant, glaube ich, sagt Robert.
Marita verschwindet in der Küche, kommt gleich darauf mit einer Blumenschere in der Hand zurück. Sie geht an ihm vorbei in den Garten, taucht einige Minuten später mit einem Strauß blassblauer Blumen wieder auf.
Schwertlilien, sagt sie. Genau das Richtige für den Anlass.
Sie wickelt die Blumen vorsichtig in Zeitungspapier und reicht sie Robert.
Das Papier nimmst du ab, wenn du klingelst. Dann wartest du, wer dir öffnet. Ist es Fari, behältst du die Blumen in der Hand, bis ihre Mutter dich begrüßt. Ist es die Mutter, kannst du die Blumen gleich an der Tür überreichen.
Es kommt darauf an, es richtig zu machen. Oder man rebelliert, macht einfach, was man will, oder das Gegenteil dessen, was von einem erwartet wird. In diesem Fall ist Robert daran gelegen, es richtig zu machen, und Marita weiß, was in diesem Fall das Richtige ist.
Und Andy und du?, fragt Robert, als er schon wieder auf dem Fahrrad sitzt. Alles wieder okay?
Andy ist ein Kindskopf, sagt Marita. Jetzt will er seine Ausbildung schmeißen und nach Australien gehen.
Wieso das denn?
Weil ihm der Chef ein paar Mal blöd gekommen ist.

Dann wird das wohl nichts mit dem Urlaub in Dalmatien, fragt Robert.
Wenn es nach mir geht, schon, sagt sie. Und wenn der Andy weiter so spinnt, dann fahren eben wir drei: du, deine Freundin und ich. Bis dahin hab ich selbst meinen Führerschein.
Zu Haus duscht Robert sich, zieht ein frisches Hemd an, Jeans und Turnschuhe. Einen Augenblick überlegt er, ob er die Schnürsenkel zubinden soll, lässt es dann aber. Zu viel Aufwand wäre peinlich. Es soll nicht so aussehen, als wolle er sich besonders herausstreichen. Deine Freundin, hat Marita gesagt, als wäre die Sache zwischen ihm und Fari bereits besiegelt. Dabei kennen sie sich doch kaum. Oder sollte das das Siegel sein, diese erste Umarmung, dieser erste Kuss?
Als er nach einer guten halben Stunde endlich aus dem Badezimmer kommt, steht der Vater vor ihm.
Was hast dich denn so aufgeputzt, fragt er.
Wieso aufgeputzt, sagt Robert. Ich hab nur mal ein anderes Hemd angezogen.
Gleich darauf sieht Egon Markmann seinen Sohn, den Hemdkragen aufgestellt, Blumen in der einen, den Fahrradlenker mit der anderen Hand haltend, auf dem Bürgersteig davonfahren. Er weiß nicht, warum, aber es gibt ihm einen Stich ins Herz, seinen Jungen so davonfahren zu sehen. Ich in seinem Alter, denkt er, und dann weiß er auf einmal nicht mehr, was ihm da soeben in den Sinn kam und sogleich wieder wie ausgelöscht ist. Merkwürdig, wie melancholisch Sommerabende sein können, wenn es still ist im Haus und man aus

dem Fenster schaut, obwohl es dort eigentlich nichts Besonderes zu sehen gibt. Aber vielleicht schaut Egon Markmann gar nicht aus dem Fenster nach draußen, sondern in sich hinein, und weiß es nur nicht.

34

EDITH STEHT IM BADEZIMMER vor dem Spiegel und betrachtet ihre Brüste. Heute ist sie nicht mit dem Kleinbus heimgekommen. Als sie fertig war mit Putzen und vor dem Eingang des Bürogebäudes auf Herrn Wessels wartete, kam plötzlich Werner angefahren, kurbelte das Fenster runter und rief: Steig ein! Ich hab Neuigkeiten.
Was für Neuigkeiten?
Egon kriegt den Job, sagte er.
Ist das wahr? Mensch, Werner… Sie nahm Werners Kopf in beide Händen und küsste ihn auf die Wangen. Und wann kann er anfangen?
In zwei Wochen. So lange bleibt der Kovac noch.
Als Herr Wessels kam, ließ Edith sich von ihm den Umschlag mit dem Geld geben und stieg zu Werner ins Auto.
Oh, Werner, sagte sie, ich weiß gar nicht, wie ich dir danken soll.
Ich wüsste schon, wie, sagte Werner und grinste.
Edith tat, als hätte sie Werners Blick und das Grinsen nicht bemerkt. Du musst demnächst einmal zu uns zum Essen kommen, sagte sie. Das muss gefeiert werden.
Als sie die Bredowstraße erreichten, stoppte Werner den Wagen ein wenig vom Haus entfernt, und als sie noch einen Augenblick nebeneinander im Auto saßen, griff er Edith auf einmal an die Brust. Einfach so. Erst nahm

er die eine Brust in die Hand, drückte sie leicht, wie um ihre Festigkeit zu prüfen, dann die andere, und sie ließ es sich gefallen, sagte nichts, saß stumm da mit in sich gekehrtem Blick, als versuchte sie sich zu erinnern, was das zu bedeuten habe, diese Hand an ihrer Brust. Aber als Werner sie küssen wollte, da wehrte sie ihn ab.
Danke, Werner, sagte sie. Danke für alles.

Nun vor dem Spiegel stellt sie fest, dass ihre Brüste tatsächlich schön sind, schön und fest, und sie fühlt Werners Hand, fühlt den sanften Druck und die leichte Erregung, die wie eine wärmende Welle durch ihren Körper geht. Wie es gewesen wäre, denkt sie für einen Augenblick, wenn er ihre Bluse aufgeknöpft und den Büstenhalter gelöst hätte, damit sich seinem Blick bestätige, was seine Hände erfühlten. Und dann ist da plötzlich dieses Bild, wie sie im weißen Bademantel einen Saal betritt, einen Saal voller Menschen, in der ersten Reihe Herr Wessels, Werner, Fred, sogar ihren früheren Chef vom *Aldi* sieht sie dort sitzen, nicht aber Egon, der sitzt im Wohnzimmer vor dem Fernseher, hat keine Ahnung, was hier geschieht. Sie sieht, wie alle Augen auf sie gerichtet sind, während sie auf hochhackigen Schuhen mit wiegenden Hüften näher kommt, langsam, ganz langsam, wie unter einem unerbittlichen Zwang und dennoch bereitwillig den Bademantel öffnet und ihn nach hinten über die Schultern zu Boden gleiten lässt und sich der Menge – erst jetzt erkennt sie, dass es sich um lauter Männer handelt – in ihrer ganzen Blöße darbietet.

Sie hat geduscht, wie sie es immer tut, wenn sie abends von der Arbeit heimkommt, hat lange unter dem warmen Wasserstrahl gestanden, bis die Verspannung in ihrem Rücken und ihren Armen wich. Jetzt steht sie nackt vor dem Spiegel und stellt sich Dinge vor, die sie in Wirklichkeit niemals tun würde, stellt sie sich vor, während Egon, ihr Mann, nur wenige Meter entfernt im Wohnzimmer vor dem Fernsehapparat sitzt. Er weiß nichts von ihren kühnen Träumen. Überhaupt weiß er wenig über sie. Sie hat ihm, als sie heimkam, auch nicht erzählt, was sie von Werner erfahren hat. Werner wird morgen früh anrufen und es ihm persönlich sagen. Und warum war es dann so wichtig, dass sie es schon heute erfuhr?

35

DAS ESSEN BEI DEN SAHABIS war für Robert eine Prüfung. Sie waren nicht zu dritt, wie er erwartet hatte, sondern zu sechst. Faris zwei Jahre älterer Bruder Faraj, von dessen Existenz Robert bisher nichts gewusst hatte, seine Freundin, eine ziemlich aufgedonnerte Gans, und ein Herr Gedlich, wohl so etwas wie der Hausfreund oder der Freund der Mutter, saßen auch noch am Tisch. Den ganzen Abend wurde Robert das Gefühl nicht los, einem Test unterzogen zu werden. Was er machen wolle, wenn er den Zivildienst hinter sich habe? Für welche Musik er sich interessiere? Ob er ein Instrument spiele? Was sein Vater von Beruf sei? In Rente, ach so. Und die Mutter?

Da sagt Robert und weiß selbst nicht recht, warum: Meine Mutter arbeitet als Sekretärin. Halbtags.

Es ist Herr Gedlich, der die Frage gestellt hat. Jetzt zieht er die buschigen Augenbrauen hoch, nickt dann bedächtig, als bestätige sich ihm, was er von Anfang an vermutet hat. Keine weiteren Fragen. Er hat sich offenbar sein Urteil über den Gast gebildet: durchschnittlich, bestenfalls. Wie Roberts Abiturzeugnis.

Faris Bruder hat schon länger das Interesse an Robert verloren. Bob Marley? Das war doch vor dreißig Jahren mal in. Faraj ist ein Goa-Fan.

Dröhnt dich direkt ins Nirwana, sagt er.

Fari greift unter dem Tisch nach Roberts Hand, drückt sie, hält sie lange fest.
Und wozu braucht ihr dann noch Ecstasy?, fragt sie.
Faraj schaut seine Schwester herablassend an.
Was verstehst du von Ecstasy? Du kriegst doch schon einen Hustenanfall, wenn du mal an einem Joint ziehst.
Kinder, streitet euch nicht!
Frau Sahabi kommt mit dem Nachtisch aus der Küche.
Wer Drogen braucht, um sich gut zu fühlen, der kann einem doch nur leid tun. Ist es nicht so, Robert?
Warum zieht sie mich da jetzt hinein, denkt Robert. Wahrscheinlich hat Fari ihr erzählt, dass er Nichtraucher ist. Ein Muttersöhnchen, das sich vom Vater tyrannisieren lässt und artig Alkohol und Zigaretten meidet. Der kleine Robert, der es allen recht machen will und der trotzdem nirgends wirklich akzeptiert wird.
Ich weiß nicht, sagt er. Ich habe mit Drogen keine Erfahrung.
Meine Mutter auch nicht, sagt Faraj. Aber trotzdem glaubt sie, dass sie da mitreden kann.
Er steht auf, geht ins Nebenzimmer, um zu telefonieren. Seine Freundin verdreht die Augen und schweigt.
Als er zurückkommt, flüstern die beiden miteinander.
Wir müssen noch auf eine Party, verkündet Faraj dann.
Ohne ein weiteres Wort stehen die beiden auf und gehen zur Tür.
Und der Nachtisch?, ruft Frau Sahabi ihnen hinterher.
Essen wir, wenn wir zurückkommen, antwortet Faraj.
Puh!

Fari, die Robert zur Tür begleitet, verzieht das Gesicht. Das war stressig, sagt sie. Wenn der Gedlich da ist, ist Mama immer so angestrengt. Und mein Bruder kann es nicht lassen, sie zu provozieren.
Sie stehen auf den Stufen vor der Eingangstür, die Nacht ist warm, dann und wann ein plötzlicher Windstoß, der die Baumkronen schüttelt, als ginge irgendwo in der Nähe ein Gewitter nieder.
Ich fand deine Mutter ganz nett, sagt Robert.
Fari schaut ihn an, mit ernsten großen Augen, in denen tief innen vielleicht doch ein milder Spott aufblitzt. Dann nimmt sie seinen Kopf in beide Hände und küsst ihn auf den Mund.
Komm, wir gehen noch ein Stück, sagt sie. Die Nacht ist zu schön, um schon schlafen zu gehen.

Sie wandern durch die Straßen, schweigend zumeist, erst ein Stück in seine Richtung, dann wieder zurück. Das Rauschen in den Baumkronen, die warme Luft, die ihnen die Gesichter fächelt. Die Straßen sind menschenleer, in den meisten Häusern die Lichter gelöscht. Auf einer Bank am Fichte-Denkmal sitzen sie lange schweigend nebeneinander, während über ihnen die Bäume brausen, als bereite sich etwas Gewaltiges vor. Plötzlich nimmt Fari Roberts Hand und legt sie auf ihre Brust. Er fühlt die weiche Fülle, die sich unter dem Stoff der Bluse spannt. Ein Schreck durchfährt ihn, als hätte jemand ihm das Herz aufgerissen.
Hast du Angst?
Nein, sagt er. Es ist so schön … Du bist so schön.

Komm, sagt sie und zieht ihn auf den Rasen hinunter.
Ihre Zunge in seinem Mund. Ihre Hand führt die seine, der Verschluss ihres Büstenhalters löst sich wie von selbst. Das Rauschen des Windes in den Baumkronen über ihnen verschluckt ihren kleinen Schrei, als er in sie eindringt…
Als Robert auf dem Fahrrad durch die Dunkelheit nach Haus fährt, ist er wie berauscht. Er möchte Freudenschreie ausstoßen, so erleichtert ist er. Er hätte nicht gewusst, wie er es hätte anfangen sollen. Und nun ist es einfach geschehen, so, wie es in den Büchern geschieht, wo die Wünsche mächtig sind und wie von selbst zur Erfüllung treiben. Einen seligen langen Augenblick lang hat er dem Geist vertraut, der, wenn wir Glück haben, aus unserem Leben eine Geschichte werden lässt, und auf geheimnisvolle Weise hat er alles richtig gemacht. Weil er gar nicht darüber nachgedacht hat, weil er es einfach hat geschehen lassen.

36

DIENSTAG: MEINERTZ, WELACH, Klein, Sternheim. Für Robert mittlerweile Routine, auch die Wutanfälle von Herrn Meinertz und Frau Welachs kleine Tricks, mit denen sie Robert immer wieder für sich einzuspannen sucht. Als er nach der Mittagspause bei der netten Frau Klein klingelt, macht ihm eine Frau mittleren Alters auf.

Ah, Sie sind der junge Mann von der Altenhilfe. Richtig? Ich bin die Tochter.

In Frau Kleins Wohnzimmer sitzen um einen festlich gedeckten Tisch Frau Klein, ein Junge und ein Mädchen, sechs und zehn Jahr alt, schätzt Robert, und ein gemütlich aussehender Mittfünfziger, vermutlich der Schwiegersohn und Vater der Kinder. Zwei Stühle sind noch frei.

Setzen Sie sich, sagt Frau Klein, als Robert eintritt. Wir feiern Geburtstag.

Meine Mutter wird heute achtzig, ruft die Tochter aus der Küche.

Robert gratuliert und setzt sich auf einen der freien Stühle. Die Tochter bringt eine Kanne mit frischem Kaffee, schenkt Robert ein, tut ihm ein Stück Torte auf den Teller und setzt sich neben ihn. Die Kinder ihm gegenüber starren ihn an, verfolgen stumm jede seiner Bewegungen mit aufgerissenen Augen.

Herr Markmann, sagt Frau Klein, kauft für mich ein. Er ist mir eine große Hilfe.
Ja, wir wissen Bescheid, Mutter, sagt ihre Tochter.
Und er ist immer sehr freundlich, sagt Frau Klein.
Während Robert sich ein Stück von der Buttercremetorte in den Mund steckt, fragt der Schwiegersohn: Wie alt sind Sie?
Es dauert eine Weile, bis Robert, der den Mund voll hat, antworten kann.
Neunzehn, sagt er dann. Das heißt, genau genommen, werde ich nächste Woche neunzehn.
Und schon ein bisschen was von der Welt gesehen?
Nicht viel, sagt Robert. Aber vielleicht fahr ich diesen Sommer an die Adria.
Adria!
Frau Klein ist einmal an der Adria gewesen, auf dem Lido von Venedig. Vor dem Krieg, 1937 oder 1938 muss das gewesen sein. Als Kind mit ihren Eltern. Seitdem nicht mehr. Aber sie hat es nie vergessen: die Sonne, der Sand, das wunderschöne, weiße Hotel, die Lichter am Abend, die sich im Wasser spiegelten.
Venedig! Wenn Sie wiederkommen, müssen Sie mir unbedingt erzählen, wie es gewesen ist, sagt sie zu Robert.
Ja, sagt Robert.
Er sagt nicht, dass er, wenn er überhaupt fährt, nicht nach Venedig, sondern nach Kroatien fährt, wo es vermutlich ganz anders aussieht als am Lido von Venedig und wo es immer noch besonders billig sein soll, weil

wegen des Krieges eine Zeit lang keine Touristen mehr dorthin gefahren sind.
Namibia, sagt jetzt der Schwiegersohn. Waren Sie schon einmal in Namibia?
Robert schüttelt den Kopf.
Wir waren im letzten Jahr dort, meine Frau und ich. Sprechen alle deutsch, im Hotel, in den Läden, in den Restaurants, am Fahrkartenschalter. In Windhuk gibt es sogar eine ostfriesische Teestube.
Er als Ostfriese, sagt der Schwiegersohn, habe da natürlich nicht vorbeigehen können. Tee mit Kluntje, blaue Porzellankanne, passende Tassen, alles wie zu Haus in Aurich. Aber dann die kalte Dusche: Der Tee habe irgendwie labberig geschmeckt. Also sei er in die Küche und habe die schwarze Küchenfrau gefragt, wie sie den Tee mache. Die habe auch ganz freundlich Auskunft gegeben: Kanne vorwärmen, dann den Tee in die Kanne und mit kochendem Wasser überbrühen, dreieinhalb Minuten ziehen lassen. Alles so weit okay. Und warum schmeckt er dann so labberig, habe er sich gefragt. In diesem Moment habe der Kellner durch die Klappe eine Bestellung reingereicht, und da habe es sich dann gezeigt, wo der Fehler lag.
Die hat doch glatt das Wasser zum Vorwärmen einfach in der Kanne gelassen, sagt der Schwiegersohn. Tee ins lauwarme Wasser, kochendes Wasser oben drauf. Tja, so kann das ja nichts werden. Ich hab ihr dann eine kostenlose Nachhilfestunde gegeben. Wasserknappheit hin und her, hab ich gesagt. Wenn schon Ostfriesentee, dann aber richtig. Am liebsten möchte ich in diesem

Winter wieder hinfahren, um zu sehen, ob meine kleine Nachhilfestunde gefruchtet hat.
Robert ist heilfroh, als er endlich gehen kann. Aber an der Tür fängt ihn die Tochter noch einmal ab. Ihre Mutter, sagt sie, habe es schon immer verstanden, alle mit ihrem Charme zu bezirzen. Er solle nur ja nicht zu nachsichtig mit ihr sein. Ob er sich einmal ihren Kleiderschrank angesehen habe? Sie sei fast in Ohnmacht gefallen, als sie das Schlafzimmer betreten habe. Die Türen des Kleiderschranks seien gar nicht mehr zugegangen, Kleider, Wäsche, Strümpfe, Hosen, alles habe ihre Mutter einfach in die Fächer gestopft. Wenn man sie nicht ab und zu etwas härter anpacke, lasse sie sich gehen. Das sei mit älteren Menschen nun mal so. Und sie als Tochter möchte nicht mit ansehen müssen, wie ihre Mutter verwahrlose.
Die nette Frau Klein ein Fall von Verwahrlosung? Robert kennt nur das Wohnzimmer, und dort sieht es nicht anders aus als in anderen Wohnzimmern auch.
Ja, sagt Robert. Danke für den Hinweis. Ich werde in Zukunft darauf achten, dass sie besser aufräumt.
Aber als er sein Fahrrad aufschließt, um zu Frau Sternheim zu fahren, denkt er, dass es doch wohl ein Glück für Frau Klein ist, dass ihre Tochter sich sonst das ganze Jahr nicht um sie kümmert.

37

HEUTE LEHNT SIE NICHT AB, als Robert ihr anbietet, ihr beim Servieren des Tees zu helfen. Er steht in der Küche, sieht, wie sie mit fahrigen Bewegungen das Teelicht, die Teekanne und die Tassen auf das Tablett stellt, einen Augenblick innehält und ihre leicht zitternde Hand über die Dinge gleiten lässt, als wolle sie nachzählen, ob etwas fehlt.
Die Kandis, sagt Robert.
Sie dreht sich zu ihm um, ihre Augen hinter der Brille: schreckensweit.
Ja, sagt sie dann mit einem Lächeln, das Robert ins Herz schneidet. Die Kandis. Ich wusste, dass etwas fehlt.
Als sie sich gegenübersitzen und Tee trinken, ist sie ganz aufgekratzt. Robert könne sich gar nicht vorstellen, was ihr diese Nachmittage mit ihm bedeuteten. Die Literatur sei ihr ein und alles, vor allem die Poesie. Dass sie selbst nicht mehr lesen könne, sei eine Strafe, die sie bei allem, was sie sich im Leben habe zuschulden kommen lassen, doch nicht verdient habe. Ob er, Robert, Gedichte liebe? Rilke sei vielleicht als Einstieg etwas schwierig, noch dazu die *Duineser Elegien*. Er solle nur ja nicht denken, dass die Poesie immer düster sein müsse. Heine zum Beispiel. Ob er Heinrich Heine kenne?
Ja, sagt Robert. In der Schule hätten sie etwas von Hei-

ne gelesen: *Die Loreley* und Auszüge aus *Deutschland, ein Wintermärchen.*
Na also. Frau Sternheim ist beeindruckt. Und Hofmannsthal?
Da muss Robert passen. Nein, Hofmannsthal nicht. Der Name sagt ihm nichts.
Dann lesen wir heute einige Gedichte von Hofmannsthal, sagt Frau Sternheim.
Sie sagt es bestimmt, fast ein wenig streng. Aber gleich darauf lacht sie ihr helles Lachen.
Mein Gott! Jetzt ist die Lehrerin mit mir durchgegangen. Entschuldigen Sie, Robert. Ich bin furchtbar. Nach all den Jahren kommt bei mir immer noch ab und zu die Lehrerin durch. Aber so etwas wird man wohl nie los. Wir können natürlich auch etwas anderes lesen, wenn Sie Hofmannsthal nicht mögen. Wollen Sie lieber etwas anderes?
Nein, nein. Robert ist schon aufgestanden. Gedichte interessieren mich sehr.
Na dann, sagt Frau Sternheim.
Sie steht auf, geht mit kleinen unsicheren Schritten hinüber zu ihrem Zuhörsessel, setzt sich, nimmt die Brille ab, legt sie auf die Armlehne und sagt: Ganz links, zweites Brett von unten. Eine zweibändige Ausgabe. Die Gedichte müssten im ersten Band zu finden sein.
Robert geht vor dem Bücherregal in die Hocke, den Kopf ein wenig zur Seite geneigt, liest er die Namen, die auf den Buchrücken stehen: Fontane, Tschechow, Klopstock, Tibor Déry, Heimito von Doderer, Hof-

mannsthal, *Ausgewählte Werke in zwei Bänden.* Er nimmt den ersten Band aus dem Regal: *Gedichte und Dramen.*

Ob er die *Ballade des äußeren Lebens* finden könne, sagt Frau Sternheim, als er wieder Platz genommen hat. Sie müsse ziemlich weit vorn in dem Band abgedruckt sein.

Robert blättert. Schließlich, als er sie gefunden hat, fragt er: Soll ich sie lesen?

Ja, sagt Frau Sternheim. Lesen Sie bitte.

Ballade des äußeren Lebens, liest Robert.

Aber dann unterbricht er sich, weil ihm etwas im Kopf herumgeht, etwas, das ihm plötzlich so dringlich erscheint, dass es keinen Aufschub duldet.

Frau Sternheim?

Ja?

Darf ich Sie etwas fragen?

Natürlich dürfen Sie.

Wie haben Sie herausgefunden, was für Sie das Richtige ist im Leben?

Frau Sternheim zieht die Augenbrauen hoch, schweigt lange, seufzt dann und sagt: Als ich jung war, habe ich getan, was man von mir erwartete. Oder ich habe rebelliert und genau das Gegenteil getan. Das Ergebnis war, wie Sie sich denken können, ziemlich chaotisch. Erst allmählich begriff ich, dass es die Liebe ist, die uns zu uns selber führt: die Liebe zu den Menschen, zu den Dingen, zur Natur, zur Literatur …

Danke, sagt Robert.

Er sagt es so, als habe sie genau das gesagt, was er hören wollte. Dabei weiß er im Grunde gar nicht so recht, was er mit dieser Antwort anfangen soll. Aber er fragt nicht nach, er speichert ihre Worte in seinem Gedächtnis, um vielleicht später einmal davon Gebrauch zu machen, und sie, offensichtlich überzeugt, seine Frage erschöpfend beantwortet zu haben, schweigt. Einen Augenblick lang sitzen sie sich stumm gegenüber, jeder, wie es scheint, in seinen Gedanken versunken. Dann hebt Robert das Buch an die Augen und beginnt das Gedicht zu lesen:

Und Kinder wachsen auf mit tiefen Augen,
Die von nichts wissen, wachsen auf und sterben,
Und alle Menschen gehen ihrer Wege.

Und süße Früchte werden aus den herben
Und fallen nachts wie tote Vögel nieder
Und liegen wenig Tage und verderben.

Und immer weht der Wind, und immer wieder
Vernehmen wir und reden viele Worte
Und spüren Lust und Müdigkeit der Glieder ...

Als er das Gedicht zu Ende gelesen hat, schaut Robert auf. Frau Sternheim blickt nicht wie sonst an ihm vorbei zum Fenster hinaus, ihre Augen sind mit höchster Aufmerksamkeit auf ihn gerichtet, obwohl sie ihn ohne Brille vermutlich nur als vagen Schatten sehen kann. Lange sitzt sie schweigend und unbewegt da, als gehe sie das ganze Gedicht noch einmal in Gedanken durch bis zu der Zeile, die sie dann mit leiser, aber einprägsa-

mer Stimme spricht: *Und dennoch sagt der viel, der »Abend« sagt …*
Diese schlichte Zeile, sagt sie, ist mir die liebste. Und wissen Sie, warum, Robert? Weil in ihr das ganze Glück des Menschenlebens steckt. Die ganze Trauer und das ganze Glück.
Robert schaut sie überrascht an. Ihre Stimme! Was ist mit dieser Stimme? Sie klingt, als dringe sie aus großer Entfernung zu ihm.
Glück? Robert schaut sie fragend an. Ich finde, es ist ein eher trauriges Gedicht.
Ja, sagt Frau Sternheim, ein trauriges Gedicht. Aber hören Sie: *Ein Wort, daraus Tiefsinn und Trauer rinnt / Wie schwerer Honig aus den hohlen Waben.* Sie sind noch jung, Robert. Glauben Sie mir, Glück und Trauer, Lust und Schmerz, Liebe und Hass sind enger miteinander verwandt, als die meisten Menschen ahnen. Übrigens war Hofmannsthal nicht viel älter als Sie, als er dieses Gedicht schrieb. Sie erinnern sich, was Rilke über Schönheit und Schrecken sagte? Glück und Trauer, Lust und Schmerz, Liebe und Hass, Schönheit und Schrecken, sie gehören zusammen. Die tiefste Wahrheit über uns selbst finden wir in der Poesie. Sie sind ein Wahrheitssucher, Robert. Sie sollten Gedichte lesen.
Ein Wahrheitssucher! Mein Gott, welch ein Wort! Für einen Moment denkt Robert erschrocken, wie es wäre, wenn Andy und Tom oder irgendein anderer seiner Freunde hörten, worüber sie da reden, diese alte Frau und er. Die spinnt doch, die Alte, würden sie wahrscheinlich sagen. Und er? Was würde er zu ihrer und

seiner Rechtfertigung vorbringen? Dass das nun einmal zu seinem Job gehöre? Dass er jeden Dienstag und jeden Freitag, manchmal auch am Donnerstag von drei bis fünf einer alten, halb blinden Frau vorzulesen habe, weil dies Teil der Altenbetreuung sei? Es wäre bestenfalls die halbe Wahrheit. Die andere Hälfte der Wahrheit ist sein Geheimnis, das er mit niemand teilt. Schon gar nicht mit Andy und Tom. Vielleicht, dass Fari ihn verstünde, wenn er ihr davon erzählte. Vielleicht.

Lesen Sie mir noch etwas vor, Robert?

Frau Sternheims Stimme, jetzt ist sie wieder ganz nah.

Ja, sagt er. Gern. Was wollen Sie hören?

Suchen Sie mir etwas aus.

Robert blättert vor, wieder zurück. Sein Blick gleitet über die Seiten, bleibt schließlich an einer Zeile hängen: *Manche freilich* ... Ein merkwürdiger Titel für ein Gedicht.

Manche freilich müssen drunten sterben ...

Robert hält inne. Schon wieder so ein trauriges Gedicht, in dem vom Sterben die Rede ist. Ob das wirklich das Richtige ist? Aber als er aufschaut und in das heiter entspannte Gesicht vor ihm blickt, setzt er noch einmal an:

Manche freilich müssen drunten sterben,
Wo die schweren Ruder der Schiffe streifen,
Andere wohnen bei dem Steuer droben,
Kennen Vogelflug und die Länder der Sterne ...

Es geht ums Sterben, um oben und unten, um das verworrene Leben derer, die das Schicksal niederdrückt, und um die anderen, die *leichten Hauptes und leichter Hände* sich im Licht bewegen. Dann einige Zeilen, die das soeben gegeneinander Gesetzte wieder miteinander in Verbindung bringen:

Doch ein Schatten fällt von jenen Leben
In die anderen Leben hinüber,
Und die leichten sind an die schweren
Wie an Luft und Erde gebunden …

Und schließlich eine Strophe, die ihm fast die Kehle zuschnürt, so schön ist sie:

Ganz vergessener Völker Müdigkeiten
Kann ich nicht abtun von meinen Lidern,
Noch weghalten von der erschrockenen Seele
Stummes Niederfallen ferner Sterne.

Später auf dem Heimweg scheint alles um ihn herum verwandelt zu sein. Die Autos, zu beiden Seiten unter den Kastanien geparkt und blitzend in der tief stehenden Sonne, wie Geschmeide legen sie sich um das graue Band der Straße. Eine junge Frau mit einem Kinderwagen, die einen Moment lang auf dem Bürgersteig stehen bleibt und – ein Zeichen, eine Metapher? – mit den Fingerspitzen ihre Stirn berührt. Ein offenes Fenster im ersten Stock über der Drogerie und dahinter schemenhaft eine dunkle Gestalt. Es sind die Wör-

ter, die den Dingen einen anderen Sinn, ein anderes, geheimes Leben geben, die Wörter aus den Gedichten, die wie selbstständige Wesen durch seinen Kopf spazieren.
Warum ist das so: Glück und Trauer, Lust und Schmerz, Liebe und Hass, Schönheit und Schrecken? Das Bild seines Vaters steht ihm vor Augen, wie er, an einen Baum gelehnt, Muster in die Rinde eines Haselnussstocks schneidet, dann ein anderes, wie er sich aufrichtet, sich den Rücken hält mit verzerrtem Gesicht. Dann das der Mutter, auf dem Küchenstuhl sitzt sie, im wattierten Morgenmantel, die Zigarette in ihrem Mund glüht auf, verglimmt. Worauf wartet sie? Auf welches geheime Zeichen? Und er selbst, Robert, ortlos, schwebend im weichen Licht des Sommerabends, wohin treibt es ihn? Wohin treibt es ihn?

Den Band mit den Gedichten von Hofmannsthal hat ihm Frau Sternheim mitgegeben. Dazu noch einen dicken Band mit Gedichten von Rilke. Als Wegzehrung, hat sie gesagt. Wenn Sie weggehen von hier, um zu studieren. Dann brauchen Sie etwas, auf das Sie zurückgreifen können, wenn Sie traurig sind – oder überglücklich.
Als sie aufgestanden war, um sich von ihm zu verabschieden, hatte sie mit der Hand aus Versehen ihre Brille von der Armlehne gestreift, sodass sie zu Boden gefallen war. Robert bückte sich, hob sie auf. Sie war nicht zerbrochen.
Ich werde alt, sagte sie, als sie die Brille entgegennahm.

Ich lasse alles fallen. Bald gibt es keine einzige heile Tasse mehr, aus der wir unseren Tee trinken können.
Sie stand vor ihm, sah ihn von unten herauf mit ihren übergroßen Augen an, und wieder hatte Robert den Eindruck, als versuche sie sich seine Züge genau einzuprägen.
Leben Sie wohl, sagte sie schließlich. Leben Sie wohl!

38

FARI, ROBERT, MARITA und Andy.
Nur wir vier, sagt Marita. Sonst wird es im Auto zu eng.
Sie sitzen im Café Sandmann, um den Urlaub in Kroatien zu planen, obwohl es da nicht viel zu planen gibt.
An der dalmatinischen Küste, hat der Mann im Reisebüro zu Marita gesagt, haben Sie zurzeit die große Auswahl: von der Luxussuite bis zum einfachen Zimmer im Zweisternehotel. Und alles halb so teuer wie in Italien.
Andy ist noch nicht da, wollte eigentlich längst da sein.
Marita versucht zweimal, ihn auf dem Handy zu erreichen, aber sein Handy ist abgeschaltet.
Kommt sicher gleich, sagt sie. Sitzt bestimmt schon im Auto.
Das Einzige, was jetzt noch dazwischenkommen kann, sagt Fari, ist, dass hier am Ort eine Epidemie ausbricht und für das Krankenhauspersonal eine Urlaubssperre erlassen wird.
Als Andy schließlich kommt, ist er nicht allein. Marita sieht ihn auf dem Bürgersteig herankommen.
Oje, sagt sie. Er hat seinen Bruder dabei.
Robert wusste bisher gar nicht, dass Andy einen Bruder hat, und nun kommt Andy zur Tür herein und zieht an der Hand ein tapsiges, geiferndes, ungeschlachtes Wesen hinter sich her.

Hallo, sagt Andy. Das ist Gregor. Meine Mutter ist irgendwo bei Köln mit dem Auto liegen geblieben, und ich konnte ihn nicht allein zu Haus lassen.
Er bugsiert Gregor auf einen Stuhl, zieht ihm die wattierte Jacke aus.
Cola, sagt Gregor.
Ja, sagt Andy, du kriegst deine Cola.
Gregor sitzt da, das Kinn auf der Brust, die Augen niedergeschlagen. Plötzlich hebt er den Kopf, schaut von einem zum anderen mit großen verwunderten, ein wenig ängstlichen Augen. Sein Blick bleibt an Marita hängen. Ein nachdenklicher Zug erscheint auf seinem Gesicht, dann hellt es sich auf, er schnauft und gluckst vor Lachen.
Er erkennt mich wieder, sagt Marita. Gregor, ich bin's: Marita.
Klar erkennt er dich, sagt Andy. Er kennt sogar deinen Namen. Das ist Marita, Gregor. Marita.
Gregor lacht übers ganze Gesicht.
Ita, sagt er. Ita, Ita.
Auf einmal ist der Kellner da, ein hünenhafter Kerl, steht da, stumm, abweisend, mit versteinertem Gesicht.
Eine Cola und einen Cappuccino, sagt Andy.
Sie bekommen hier nichts, sagt der Kellner. Bitte verlassen Sie sofort das Lokal.
Andy schiebt den Stuhl mit einem Ruck zurück, will aufspringen, aber Marita hält ihn zurück.
Bitte, Andy!
Eine Cola und einen Cappuccino, zischt Andy.
Der Kellner rührt sich nicht von der Stelle.

Dies hier ist ein Café, sagt er, keine Behindertentagesstätte. Bitte verlassen Sie sofort das Lokal.
Einen Augenblick lang sieht es so aus, als füge Andy sich in sein Schicksal. Aber dann reißt er sich mit einem Ruck los, erhebt sich langsam, steht ganz dicht vor dem einen Kopf größeren Kellner, sein Gesicht ist weiß, seine Nasenflügel zittern. Rundum sind alle Gespräche verstummt. Die Gäste an den anderen Tischen schauen gebannt herüber.
Andy, lass, ruft Marita.
Aber da taumelt der Kellner schon, greift sich ans Kinn, an seinen Händen Blut. Ein ungläubiges Staunen in seinem Blick, geht er langsam auf die Knie.
Kommt, wir gehen, sagt Marita.
Aber Gregor will nicht, will sich nicht die Jacke anziehen lassen.
Cola, sagt er.
Du kriegst deine Cola, sagt Fari. Komm jetzt. Sei lieb.
Als sie endlich draußen sind und Richtung Sparkasse gehen, wo Andy den Wagen geparkt hat, ist plötzlich ein Polizeiwagen neben ihnen.
Scheiße, sagt Andy.
Robert, der neben Andy geht, spürt, wie er ihm etwas Hartes, Metallisches in die Tasche steckt. Die beiden Beamten sind schon ausgestiegen, versperren ihnen den Weg.
Ihre Papiere bitte!
Andy muss seinen Ausweis vorzeigen, der Beamte schaut hinein, reicht ihn dann seinem Kollegen, der ihn zur Überprüfung mit ins Auto nimmt. Auf einmal ist

auch der Kellner da, hält sich noch immer das mittlerweile monströs angeschwollene Kinn.
Das da ist der Kerl. Er hat mich mit einem Schlagring niedergeschlagen.

Auf der Polizeiwache wird ein Protokoll aufgenommen.
Name? Vorname?
Ein Beamter, der im Hintergrund an einem Computer sitzt, wird aufmerksam, kommt näher, baut sich drohend vor Andy auf.
Ach, wen haben wir denn da? Dich kenn ich doch, Freundchen. Du warst doch neulich schon mal hier, als es um den Unfall mit Fahrerflucht ging. Die perfekte Unschuld, nichts getan, nichts gesehen, nichts gehört. Und was willst du jetzt wieder nicht gewesen sein?
Es ist Andy klar, dass sie ihn diesmal nicht davonkommen lassen werden. Robert, Fari und Marita haben längst ihre Aussage gemacht, alle drei haben sie geschildert, wie der Kellner sich geweigert habe, Andy und seinen Bruder zu bedienen.
Er hat seinen Bruder beleidigt. Er hat ihn provoziert.
Jetzt sitzen sie schon seit einer halben Stunde draußen auf dem Flur auf einer Bank und warten. Gregor ist auch dabei, er ist unruhig, schnauft und rollt mit den Augen, weil Andy immer noch nicht wieder da ist und weil er die versprochene Cola nicht bekommen hat. Als Andy schließlich aus der Tür tritt, ist er bleich.
Und, sagt Marita.
Die wollen mich fertigmachen, sagt Andy. Den Urlaub in Kroatien, den können wir uns abschminken.

Er nimmt Gregor in den Arm, drückt ihn an sich, lange steht er da, das Gesicht an Gregors Schulter gepresst. Als er wieder aufschaut, sehen die anderen, dass er geweint hat.
Ich bring dich nach Haus, sagt Andy zu Gregor. Dann trinkst du deine Cola eben zu Haus.

39

ROBERT SITZT AUF DER KANTE seines Bettes und hält den silbrig glänzenden Schlagring in der Hand. Das Beweisstück. Schwer ist es und glatt, wenn man die Finger durch die Augen steckt und die Hand zur Faust ballt, fühlt es sich angenehm warm an. Wären sie auf der Polizei darauf gekommen, ihn zu durchsuchen, hätten sie es in seiner Jackentasche gefunden. Dann wäre er vermutlich mit dran und für Andy stünde die Sache womöglich noch schlechter. Es wird ein Gerichtsverfahren geben, das ist so gut wie sicher, wegen Körperverletzung, vielleicht wegen schwerer Körperverletzung; das hängt davon ab, ob der Kiefer des Kellners wirklich gebrochen ist. Und wer weiß, vielleicht ziehen sie nun auch noch einmal die andere Geschichte hoch, die mit der Zeitungsausträgerin.

Nein, die anderen hätten damit nichts zu tun, hat der Kellner zu Protokoll gegeben. Die hätten ganz friedlich am Tisch gesessen, bis der mit dem Stirnband gekommen sei und den Bankert mitgebracht habe...

Robert überlegt, ob er seiner Mutter erzählen soll, was vorgefallen ist. Oder Herrn Wesendonk oder Frau Stechapfel. Seine Mutter würde ihm sicher raten, sich da rauszuhalten. Helfen kannst du dem Andy sowieso nicht, würde sie sagen, und: Wenn bloß Vater nichts davon erfährt.

Und Frau Sternheim? Was würde sie sagen? Auf einmal glaubt Robert Frau Sternheims Stimme zu hören, ganz deutlich hört er, wie sie zu ihm sagt: Sie bewundern diesen Andy für das, was er getan hat, nicht wahr?
Ja, flüstert Robert.
Vielleicht, sagt Frau Sternheim, wäre es besser gewesen, wenn er nicht gleich zugeschlagen hätte. Aber …
Aber?
Bei den Nazis wurden Menschen wie Gregor ermordet, in speziellen Kliniken, von Ärzten, die ihnen die Todesspritze verabreichten. Und Gregor ist schließlich Andys Bruder …
Ja, sagt Robert. Er ist sein Bruder.
Auf dem kleinen Tisch neben seinem Bett liegt der Band mit Gedichten von Rilke. Robert steckt den Schlagring in die Tasche und legt seine Hand auf das Buch, als wolle er sich auf diese Weise des Beistands und des Trostes versichern, den die Verse zu geben vermögen. Aber natürlich weiß er, dass sie ihm in dieser Lage nicht wirklich helfen können, ihm nicht und Andy schon gar nicht. Er wird Andy sagen, dass es richtig war, dass er sich schützend vor seinen Bruder gestellt hat, und dass der Kellner ein Schwein ist und dass sie alle zu ihm stehen, was auch immer kommen mag. Und dann?

Gestern Abend, als Andy, Gregor und Marita davongefahren waren, waren Fari und er den ganzen langen Weg zu ihr zu Fuß gegangen. Über ihnen der Himmel mondlos, aber sternenklar, die Luft kühl und unbewegt.

Sie hatten über Andy gesprochen, über ihn und seinen Bruder Gregor, und dass sie selbst mehr Mut hätten beweisen müssen, dass sie hätten aufstehen und den Kellner zurechtweisen sollen, dann hätte der Andy vielleicht nicht zuschlagen müssen und hätte nun nicht schon wieder die Polizei am Hals. Es ist so schwer, hatte Robert gesagt, im richtigen Moment das Richtige zu tun, und Fari hatte genickt, und dann hatten sie beide lange nichts mehr zu sagen gewusst.
Schließlich hatte Robert angefangen, von Frau Sternheim zu erzählen, von den Gedichten, die er ihr neuerdings vorlese, von der unbegreiflichen Schönheit dieser Verse, die ihn, auch wenn sie sehr traurig seien, merkwürdig zuversichtlich stimmten. Einfach, weil sie so schön seien und weil man, wenn man sie lese, auf einmal glaube zu begreifen, worauf es ankomme im Leben. Er frage sich, warum ihm das in der Schule, wo sie ja gelegentlich auch ein Gedicht gelesen hätten, nie so gegangen sei. Jetzt, wenn er sie Frau Sternheim vorlese, seien die Gedichte auf geheimnisvolle Weise lebendig, im Klang seiner eigenen Stimme nähmen sie Gestalt an, so, als sei er ihr Schöpfer, als erschaffe er sie in diesem Augenblick selbst.

Liest du mir mal einige der Gedichte vor?, hatte Fari gefragt, bevor sie sich vor ihrer Haustür verabschiedeten, und Robert hatte sie angesehen, als habe sie eine taktlose Frage gestellt oder eine äußerst schwierige, deren Beantwortung langes Nachdenken und komplizierte Abwägungen erfordere.

Vielleicht findest du die Gedichte gar nicht so toll…
Probier es doch einfach aus, hatte Fari gesagt und gelacht.
Für Fari war alles ganz einfach. Nur was Andy anging, da hatte auch sie keine Lösung parat.

40

KRANKENSCHWESTER ALSO, sagt der Vater. Und aus welchem Land kommen Sie?
So hat Robert seinen Vater lange nicht erlebt, so gesprächig, so aufmerksam und interessiert.
Aus Deutschland, sagt Fari. Aber meine Familie kommt aus dem Iran.
Sie sind also, sagt der Vater, von der Herkunft Perserin.
Fari ist in Deutschland geboren, sagt die Mutter.
Jaja, das habe ich schon begriffen. Der Vater lehnt sich zurück, ist, wie es scheint, mit der Auskunft durchaus zufrieden, aber dann hakt er doch noch einmal nach.
Und warum sind Ihre Eltern aus Persien weg?
Jetzt mischt Robert sich ein: Schon mal was von Chomeini gehört?
Er erschrickt selbst ein wenig über den schneidenden Ton, mit dem er das sagt. Ihm ist die Art, wie der Vater Fari ausfragt, peinlich. Aber Fari selbst scheint das überhaupt nicht zu stören.
Mein Vater war ein hoher Beamter im Bildungsministerium unter dem Schah, sagt sie. Die Mullahs hätten ihn verhaftet oder umbringen lassen, wenn er das Land nicht verlassen hätte.
Auf der Veranda geht ein leichter Abendwind. Es ist Regen angesagt, aber weit und breit ist keine Wolke zu sehen. Ein unverhofftes Geschenk, dieser laue Abend.

Setzt euch doch, sagt die Mutter. Wollt ihr etwas trinken?
Aber das will Robert auf keinen Fall, sie sind nur auf die Veranda gekommen, um guten Tag zu sagen und damit er Fari den Eltern vorstelle. Fari hatte darauf bestanden.
Wir wollen noch ein Stück spazieren gehen, sagt Robert.
Vielleicht später, sagt Fari.
Als sie lange stumm nebeneinander die Bredowstraße entlanggegangen sind, sagt Fari plötzlich: Was ist denn mit dir los? Wieso bist du denn so unfreundlich zu deinen Eltern? Ich finde sie ganz nett.
Ja, sagt Robert. Wenn jemand zu Besuch ist, reißen sie sich zusammen. Aber sonst …
Zu mir waren sie jedenfalls nett.
Zu dir, ja. Aber mir gehen sie auf die Nerven. Ich muss da raus, sagt er. Ich halte es einfach nicht mehr aus in diesem Haus.
Fari schaut ihn erschrocken an. So heftig, so voller unterdrückter Wut hat sie Robert noch nie erlebt.
Aber das ist doch deine Familie.
Familie! Robert schnaubt verächtlich. Du müsstest mal erleben, wie es bei uns zu Haus zugeht, wenn kein Fremder da ist. Mein Vater rastet beim geringsten Anlass aus. Und meine Mutter lässt sich alles gefallen. Die ist nicht wie deine Mutter.
Du kennst doch meine Mutter kaum.
Deine Mutter hatte irgendwann die Nase voll und hat sich scheiden lassen, aber meine Mutter seufzt nur und leidet.
Meine Mutter hat die Scheidung nicht betrieben, sagt Fari. Mein Vater hat sie verlassen. Wegen einer anderen.

Meine Mutter hat erst hinterher gemerkt, dass das für sie das einzig Richtige war.
Sie schweigen, schweigend gehen sie nebeneinander, bis Robert auf einmal stehen bleibt.
Wenn ich das wüsste, sagt er.
Wenn du was wüsstest?
Was für mich das Richtige ist.
Fari nimmt seine Hand, zieht ihn zu sich heran, legt ihre Arme um seinen Hals.
Was ist los mit dir?
Ich weiß nicht, sagt Robert. Ich weiß nicht, wer oder was ich bin, und ich weiß nicht, was für mich das Richtige ist. Ich weiß nicht einmal, wie ich herausbekommen könnte, was für mich das Richtige ist.
Ja, meinst du denn, mir ginge es anders? Meinst du, ich will immer Krankenschwester bleiben?
Und was willst du stattdessen machen?
Kindergärtnerin, sagt Fari. Das wäre vielleicht etwas für mich. Lauter fröhliche, gesunde Kinder um mich herum statt der Kranken und Sterbenden.
Bin ich ein Falke, ein Sturm / oder ein großer Gesang. Das Rilke-Gedicht, das er gelesen hat, bevor Fari kam, geht Robert nicht aus dem Kopf, während sie schweigend nebeneinander gehen. Ein Falke, ein Sturm oder ein großer Gesang – sind das seine Möglichkeiten? Oder sind es täuschende Versprechen, die sich in Luft auflösen, sobald man auf Erfüllung besteht?
Die Frau Sternheim, von der ich dir erzählt habe, sagt er schließlich, hat mich einmal gefragt, was mein Lebensplan sei.

Und, was hast du geantwortet?
Dass ich Maschinenbau studieren wolle. Aber ich bin sicher, sie hat mir kein Wort geglaubt.
Im warmen, gelben Licht des Abends stehen sie unter einer Platane, Stirn an Stirn, als versuchten sie, des anderen Gedanken zu erlauschen.
Und was willst du wirklich?
Robert schweigt, die Augen geschlossen, die Stirn an die ihre gelehnt, steht er da und schweigt.
Ich weiß es nicht, sagt er schließlich. Ich weiß es wirklich nicht. Und manchmal denke ich, dass ich es vielleicht nie wissen werde.

41

DEN GANZEN SONNTAG ÜBER hat Robert auf dem Bett gelegen und gelesen. Am Montag muss er zusätzlich zu den eigenen Klienten zwei von Conny übernehmen, weil der sich wieder einmal krankgemeldet hat. Am Nachmittag dann auch noch eine Panne mit dem Fahrrad, die ihn eine weitere halbe Stunde kostet. Robert ist froh, als er schließlich kurz nach sieben Uhr zu Hause ist. Er geht früh zu Bett, schläft fest und traumlos, wacht am Dienstagmorgen auf, bevor der Wecker klingelt, springt voller Elan aus dem Bett. Falke, Sturm oder großer Gesang – er wird Ordnung in sein Leben bringen, ganz deutlich spürt er, dass er auf der richtigen Spur, der Lösung nahe ist.
In der Küche die Mutter im Morgenmantel, eine Zigarette rauchend.
Sie ist sehr nett, deine Freundin, sagt sie.
Ja, sagt Robert.
Er hält den Becher mit Kaffee mit beiden Händen, wie es der Vater tut.
Und, fragt die Mutter. Wird das nun was mit eurem Urlaub in Kroatien?
Robert zuckt die Achseln.
Der Andy, sagt er, weiß noch nicht, ob er mitkommen kann. Und ohne ihn und sein Auto wird es wohl nichts.
Er sagt es so, als wäre ihm an der Reise ohnehin nicht allzu viel gelegen.

Na ja, sagt die Mutter so beiläufig, wie es ihr möglich ist, und blickt dem Rauch ihrer Zigarette nach. Ihr wisst ja, dass ihr jederzeit mit uns nach Italien fahren könnt, Fari und du.

Als Robert auf dem Fahrrad sitzt und den Weidendamm entlang Richtung Altenhilfe fährt, ist von der Zuversicht, die ihn beim Aufstehen erfüllte, schon nicht mehr viel übrig. Herrn Meinertz' Erzählungen aus seiner Zeit als Gerichtsvollzieher, die ihn sonst immer leidlich amüsieren, öden ihn heute an, Frau Welachs leicht zu durchschauende Tricks, die er normalerweise mit Humor zu nehmen weiß, deprimieren ihn. Er ist froh, als es endlich Nachmittag ist. Lange sitzt er auf einer Bank am Schwanenweiher, kaut auf seinem Brot und starrt ins Wasser. Was ist mit mir los? Was ist mit mir los?

Frau Klein ist freundlich wie immer. Wann es denn losgehe, will sie wissen.

Wann was losgehe, fragt Robert.

Na, die Reise an die Adria.

Ach die, sagt Robert. Bald … In knapp drei Wochen.

Dass es Schwierigkeiten gibt, dass sie jetzt, da Andy wieder einmal Ärger mit der Polizei hat, vielleicht gar nicht fahren werden, sagt er nicht.

Wenn Sie wiederkommen, sagt Frau Klein, dann backe ich einen Kuchen und Sie berichten mir ganz genau, wie es da heute aussieht, an der Adria.

Punkt drei steht Robert bei Frau Sternheim vor der Wohnungstür. Er klingelt, aber es rührt sich nichts. Als Robert zum dritten Mal klingelt, geht nebenan die

Wohnungstür auf und eine junge Frau mit einem Hündchen auf dem Arm sagt: Als der Postbote heute Morgen mit dem Einschreiben da war, hat sie auch nicht aufgemacht.
Wie um es ihm zu demonstrieren, drückt nun auch sie noch einmal auf die Klingel. Drinnen bleibt es still. Robert hat einen Schlüssel, mit dem er die Wohnungstür aufsperren könnte. Aber auf einmal beschleicht ihn ein merkwürdiges Gefühl.
Gibt es hier einen Hausmeister?, fragt er.
Ja, unten im Parterre links, sagt die junge Frau. Reichert.
Der Hausmeister ist jünger, als Robert gedacht hat. Mitte dreißig vielleicht. Unter einem Hausmeister hat er sich bisher immer ältere Männer in grauen Kitteln vorgestellt. Herr Reichert trägt Turnschuhe, Jeans und ein kariertes Hemd, nimmt die Treppe hinauf immer zwei Stufen auf einmal.
Na, dann schauen wir mal!, sagt er.
Er schließt die Tür zu Frau Sternheims Wohnung auf, Robert folgt ihm, die junge Frau bleibt draußen auf dem Treppenabsatz stehen. Im Flur der Wohnung brennt das Licht. Im Wohnzimmer ist niemand, in der Küche auch nicht. Der Hausmeister öffnet die Tür zum Schlafzimmer.
Frau Sternheim? Frau Sternheim!
Robert, der hinter dem Hausmeister ins Schlafzimmer tritt, weiß merkwürdigerweise sofort, dass sie tot ist. Wie schlafend liegt sie da, auf dem Gesicht denselben konzentrierten Ausdruck, mit dem sie ihm beim Vorle-

sen zuhörte. Der Hausmeister macht einen Schritt auf sie zu, bleibt stehen, schaut Robert fragend an.
Sie rührt sich nicht, sagt er.
Robert nimmt ihren Arm, fühlt ihren Puls. Dann geht er in den Flur und wählt die Notrufnummer.
Und wenn ich es nicht mehr schaffe, lege ich mich hin und sterbe.
Das hat sie gleich am ersten Tag zu Robert gesagt. Er muss daran denken, wie ihr das Missgeschick mit dem Tablett passierte und sie lange wie erstarrt stehen blieb, als wäre ihr ganz plötzlich eine schreckliche Einsicht gekommen. Ob ihr in diesem Augenblick klar wurde, dass sie es nicht mehr schafft?
Der Arzt kommt, wenig später die Polizei. Robert berichtet sachlich und knapp.
Ah, von der Altenhilfe, sagt der Polizist. Und wann genau haben sie geklingelt?
Genau um drei, sagt Robert.
Der Hausmeister staunt, wie professionell sich dieser junge Mensch in einer solchen Lage verhält: Den wirft so leicht nichts um. Aber als Robert zwanzig Minuten später mit dem Fahrrad davonfährt, laufen ihm die Tränen übers Gesicht. Er tritt wütend in die Pedale, stopft sich den Fahrtwind wie einen Knebel in den Mund, damit er nicht schreien muss vor Schmerz und vor hilfloser Wut.
Er fährt nicht nach Haus. Er fährt an der Gärtnerei vorbei, den Feldweg entlang, biegt vor dem Wäldchen rechts ab, folgt einem grasbewachsenen Pfad, der sich zwischen Ginsterbüschen hindurchschlängelt. In der

Lohheide lehnt er das Fahrrad an einen Baum, legt sich an einer Böschung ins Gras und schaut in den grauen Himmel. Er weiß, dass der Vater hier manchmal stundenlang umherirrt, wenn es in ihm rumort. Die Mutter hat es ihm erzählt. Vor Jahren ist er sogar einmal mit dem Vater hier gewesen. Lange haben sie damals unter einer Föhre gesessen, die Rücken an den schuppigen Stamm gelehnt, und der Vater hat ihm mit seinem Taschenmesser einen Stock geschnitzt, rundherum und von oben bis unten mit Mustern bedeckt. Die ganze Zeit über haben sie nur dagesessen und nicht gesprochen, nicht ein einziges Wort.
Die stumme Welt des Vaters. Und Frau Sternheims Welt der Worte. Wenn sie dasaß, den Kopf ein wenig zur Seite geneigt, und Robert zuhörte, war es, als dringe jedes Wort durch die Haut direkt in sie ein.
Und auch er wurde, während er las, ganz durchdrungen von den Worten, die seine eigene Stimme formte. Weil ein Zauber von ihr ausging, wie sie so dasaß, ihr Gesicht dem Licht zugewandt, das durch die Fenster hereindrang, die Augen weit geöffnet, als ströme das Gelesene durch sie direkt in ihre Seele.

42

AM DONNERSTAG GEGEN MITTAG ruft Fred an: Es gebe Neuigkeiten. Eine Geschäftsidee, eigentlich schon mehr als eine Idee: Eismaschinen. Mehr wolle er am Telefon nicht sagen. Außerdem habe er Karten für ein Konzert.

Ein Konzert? Egon ist platt: Seit wann gehst du ins Konzert?

Kein Kammerkonzert, wenn du das denkst, sagt Fred. Ronny Weigand und seine Band. Ich hab drei Karten für Sonntag in acht Tagen. Entweder du nimmst Edith mit oder wir suchen uns vorher noch irgendwo eine Braut.

Ronny Weigand?, sagt Edith, als Egon ihr von dem Gespräch mit Fred erzählt. Da komm ich mit.

Du kennst den?

Egon schaut seine Frau verwundert an.

Natürlich, sagt Edith. Du nicht? Hängen doch überall die Plakate in der Stadt. Die *Reue-Tournee*. Hast du den Artikel in der heutigen Zeitung nicht gelesen? Sie blättert in der Zeitung, die auf dem Couchtisch liegt, findet den Artikel und reicht ihn Egon. *Ronny Weigand – Die Reue-Tournee*, ein Dreispalter auf der Kulturseite. Während Egon liest, verdüstert sich seine Miene. Als er nach einer Weile aufschaut, ist sein Blick voller Misstrauen.

Sag mal, ist das ein Erweckungsprediger oder was?

Aber nein! Edith lacht. Ronny Weigand! Hast du den Namen noch nie gehört? Das ist ein Rockmusiker, schon etwas älter, aber immer noch gut. Und jetzt hat er grad eine neue CD gemacht und ist damit auf Tour. Deutschland, Holland, Polen…
Aber hier steht, dass dieser Weigand seine Spiritualität entdeckt und sich zum katholischen Glauben bekehrt hat.
Das stimmt so nicht, sagt Edith. Ihre Stimme hat plötzlich einen mädchenhaft aufgeregten Klang. Also: Er ist in Moers im Rheinland geboren und aufgewachsen und dort natürlich katholisch erzogen worden. Aber dann in den wilden Jahren hat er sich wie die meisten jungen Leute um Religion und so was nicht gekümmert. Waren ja auch andere Zeiten damals. Frauengeschichten, Alkohol, Drogen, er hat sogar ein paar Monate im Gefängnis gesessen, wegen einer Drogensache, glaube ich. Aber das ist alles Vergangenheit. Nun ist er zum Glauben zurückgekehrt.
Egon schaut seine Frau von der Seite an. Zwanzig Jahre sind sie nun schon verheiratet, aber von diesem Weigand, über den sie offenbar alles weiß, was je über ihn in der Zeitung gestanden hat, haben sie nie gesprochen.
Zum Glauben zurückgekehrt, knurrt Egon. Und nun singt er, Choräle oder was?
Quatsch!, sagt Edith. Der macht Rockmusik.
Egon greift wieder nach der Zeitung, liest den Artikel zu Ende, betrachtet lange das Foto daneben, schüttelt ein paar Mal den Kopf.

Also gut, sagt er dann. Hören wir uns den mal an. Wenn Fred uns schon mal einlädt … Kommt ja auch nicht alle Tage vor … Aber jetzt geh ich erst einmal kurz zum TSV-Platz rüber. Weiß gar nicht mehr, wie es da aussieht, so lange war ich schon nicht mehr da.

43

FRAU STERNHEIMS BEERDIGUNG. Die Nachbarin, der junge Hausmeister, ein ehemaliger Kollege aus der Stadtbibliothek, eine alte Dame, die offenbar niemand der anderen kennt, und Robert. Morgens um zehn im Krematorium auf dem Nordfriedhof. Robert hat sich vom Dienst befreien lassen. Herr Wesendonk vertritt ihn. Der Herr vom Bestattungsinstitut gibt der kleinen Gruppe ein Zeichen, ihm zu folgen. Sie treten in eine kahle Halle. Am gegenüberliegenden Ende zwischen zwei Buchsbäumen steht der Sarg. Eiche, braun, ohne Beschläge. Der Herr vom Bestattungsinstitut räuspert sich und sagt, die Verstorbene habe den Wunsch geäußert, dass keine Reden gehalten würden. Es werde daher nur eine sehr kurze und schlichte Feier geben. Die Nachbarin, ohne Hund, legt einen Blumenstrauß auf den Sarg, steht eine Weile mit gesenktem Kopf da und tritt dann wieder zurück. Dann tritt der Kollege von der Stadtbibliothek vor: Er respektiere selbstverständlich den Wunsch der Verstorbenen. Er werde daher die kleine Rede, die er vorbereitet habe, nicht halten. Er tritt an den Sarg, zieht ein Manuskript aus der Innentasche seines Jacketts und legt es auf den Sarg. Es ertönt Musik vom Tonband: *Freude, schöner Götterfunken* ... Dann stehen alle schweigend da, wissen nicht recht, ob noch etwas kommt. Schließlich öffnet sich surrend eine schwarze Klappe in der Wand und der Sarg wird in die

Brennkammer gefahren. Obendrauf der Blumenstrauß und das Manuskript.
Robert hat das Gefühl, als breche der Boden unter ihm weg. Ihm ist schlecht. Er trägt einen dunkelblauen Wollpullover unter dem Jackett. Trotzdem friert er. Als der Sarg verschwunden und die schwarze Klappe wieder geschlossen ist, gehen die anderen einer nach dem anderen. Robert steht da, vermag sich nicht zu rühren. So endet ein Leben. Wie ist es möglich, dass es so endet? *Wer, wenn ich schriee, hörte mich denn aus der Engel / Ordnungen?* Dieses schreckliche Gedicht, das sie zusammen gelesen haben, Frau Sternheim und er: *Das Schöne ist nichts / als des Schrecklichen Anfang*. Als wäre der Tod immer da, in allem, was wir um uns sehen, in allem, was wir tun, wie ein kaltes, blankes Eisen, wie ein dröhnender Hammerschlag.
Als Robert schließlich aus der Halle ins Tageslicht tritt, spricht ihn die unbekannte alte Dame an. Sie hat offenbar auf ihn gewartet.
Herr Markmann?
Ja…, sagt Robert.
Ich bin eine Freundin der Verstorbenen. Ich wollte Ihnen nur sagen, dass Frau Sternheim sehr viel von Ihnen gehalten hat.
Von mir?
Wir haben uns manchmal im Café getroffen, Frau Sternheim und ich. In letzter Zeit hat sie oft von Ihnen gesprochen. Sehr anerkennend, sehr liebevoll. Sie wissen, dass sie einen Sohn hatte, der mit acht Jahren gestorben ist?

Ja, sagt Robert. Sie hat es mir erzählt.
Sie schaut ihn an, lächelt, hebt die knochige Hand, tätschelt seine Wange.
Leben Sie wohl, sagt sie.

44

VON DER BREDOWSTRASSE in die Lessingstraße, dann links ab in den Bosseler Weg. Egon Markmann fährt mit dem Fahrrad durch ein Meer gelbgrünen Lichts, aufrecht sitzt er, das Gesicht im Wind, atmet die kühle Morgenluft. Ein Spaziergänger kommt ihm entgegen, ein alter Mann, auf seinen Stock gestützt. Egon Markmann ruft sich zur Ordnung, legt sich Zügel an, gibt seinem Gesicht einen geschäftsmäßigen Ausdruck, grüßt verhalten. Es ist nicht gut, wenn man sich von seiner Stimmung hinreißen lässt.

Egon Markmann ist Platzwart beim TSV. Am Freitag hat sich Herr Kovac verabschiedet und ist mit Sack und Pack in seinem Ford Kombi nach Kroatien abgefahren, und schon am Samstagmorgen ist Egon auf dem Platz und richtet ihn für das Spiel der Jugendmannschaft her. Als er die Linien nachgezogen, die Eckfahnen gesetzt und die Tornetze aufgehängt hat, schließt er die Umkleideräume auf, den für die Heimmannschaft und den für die Gastmannschaft, inspiziert die Duschräume und die Toiletten. Alles picobello. Das muss man dem Kovac lassen, sauber und ordentlich bis zum letzten Tag. Nur im Geräteraum, da wird Egon die Ordnung verändern. Dass die Netze und die Eckfahnen einfach auf dem Boden liegen, das gefällt ihm nicht. Er wird ein Regal bauen, gleich nächste Woche.

Bis zum Anpfiff ist noch mehr als eine Stunde Zeit. Aber die ersten von der Mannschaft treffen schon ein, Vierzehn-, Fünfzehnjährige, halbe Kinder noch, aber die Sporttaschen lässig über die Schulter gehängt wie die Großen aus der Herrenmannschaft. Können es gar nicht erwarten, dass es losgeht.
Ihr könnt euch schon mal umziehen, sagt Egon. Aber Bälle gibt es erst, wenn der Fritz kommt.
Fritz Deupner ist der Jugendtrainer, Egon kennt ihn noch aus seiner aktiven Zeit. Ihm wird er das Netz mit den Bällen übergeben. Zurückbringen kann es auch einer der Spieler. Hauptsache, die Bälle sind vollzählig wieder drin.

Egon ist noch keine halbe Stunde weg, da klingelt es an der Haustür: Werner. Kommt zufällig vorbei, hat zufällig eine Flasche Sekt in der Innentasche seines Anoraks, die auf Egons Arbeitsantritt getrunken werden muss.
Jetzt?, sagt Edith. Wo der Egon nicht da ist?
Warum nicht?, sagt Werner. Ich hab zu Haus noch eine. Die trinken wir dann morgen oder übermorgen, wenn Egon dabei ist.
Als die Flasche halb leer ist, setzt Werner sich neben Edith auf das Sofa. Aber das will sie jetzt nicht, dass der Werner so nah bei ihr sitzt.
Nicht hier!, sagt Edith, als Werner seine Hand auf ihre Brust legen will. Der Junge kann jederzeit kommen.
Morgen Nachmittag bei mir, sagt Werner.
Kommt nicht in Frage!

Edith ist entrüstet. Aber sie lacht. Über so viel Dreistigkeit kann sie nur lachen.
Am Donnerstag ist Feiertag, sagt sie. Da kommst du zu uns zum Essen. Die andere Flasche Sekt kannst du ja dann meinetwegen mitbringen.
Aber als Egon am nächsten Tag gleich nach dem Mittagessen zum TSV-Platz aufbricht und wenig später Robert mit dem Fahrrad zu Tom fährt, um mit ihm zu überlegen, was man für Andy tun kann, da denkt Edith, dass es ihr vielleicht guttäte, einen Spaziergang zu machen, und als sie auf ihrem Spaziergang zufällig an Werners Haus vorbeikommt, da steht der im Garten, sieht sie schon von Weitem, freut sich, winkt sie ins Haus und hat schon im Flur beide Hände auf ihren Brüsten.
Alles, was geschieht, geschieht mit Notwendigkeit. Jedenfalls sieht es hinterher so aus. Als Edith auf dem Heimweg durch die Goldbachsiedlung geht und aus dem Anemonenweg kommend in die Bredowstraße einbiegt, hat sie das deutliche Gefühl, dass es das war, was sie seit einiger Zeit auf sich zurollen sah. Sie hat es nicht gewollt, womöglich hat auch Werner es nicht gewollt, vielleicht sind sie beide nur Werkzeuge einer Bewegung, die Gelegenheiten schafft und Gelegenheiten nutzt. Sie hat kein schlechtes Gewissen, das nicht, allenfalls beunruhigt es sie ein wenig, dass sie so gar kein schlechtes Gewissen hat. Nicht einmal ein Kommentar fiele ihr ein, wenn man sie drängte, etwas dazu zu sagen. Nur, dass sich das nicht wiederholen soll, da ist sie sich sicher.

45

FARI HAT NACHTDIENST, die ganze Woche. Zweimal ruft sie Robert auf dem Handy an.
Wie geht es dir?
Er hat ihr von Frau Sternheims Tod erzählt und von der Beerdigung, die keine Beerdigung war, sondern eine Einäscherung, wie der Mann vom Bestattungsinstitut sagte. Auch von dem lähmenden Schrecken hat er ihr erzählt, als die schwarze Klappe sich öffnete und der Sarg verschwand.
Du darfst nicht immer daran denken, hat sie gesagt. Was meinst du, was ich hier im Krankenhaus alles mit ansehen muss. Wenn ich das nicht verdrängte …
Er liegt im Bett, hat Fieber, isst so gut wie nichts. Am Montagmorgen ruft die Mutter in der Altenhilfe an: Robert ist krank. Es ist das erste Mal, dass Robert wegen Krankheit fehlt.
Jaja, sagt Frau Stechapfel. Der Robert soll sich nur richtig auskurieren. Sagen Sie ihm gute Besserung, Frau Markmann.

Wer hat sich das ausgedacht? Dieser Sarg auf einem flachen Rollwagen, auf zwei metallenen Schienen gleitet er durch die offene Klappe in den Krematoriumsofen. Irgendjemand hat sich das ausgedacht, hat getüftelt, so könnte es gehen oder so, hat Zeichnungen gemacht, nach denen die Anlage gebaut wurde. Eine zweckmäßige Vorrichtung. Der Wille der Verstorbenen. Wir, sagt der Mann vom Bestattungsinstitut, vollstrecken nur den Willen der Verstorbenen. Wie schrecklich das ist, denkt Robert, diese Konsequenz, diese alle Einwände löschende, kalte Konsequenz.

Am Mittwoch geht Robert wieder in den Dienst. Frau Abel ist aus dem Krankenhaus zurück, blass, aber gesprächig wie eh und je. Robert hat sie von Conny übernommen, der wird sich stattdessen um Frau Fechner kümmern, solange Herr Wesendonk auf der Fortbildung ist. Warum der Tausch? Robert hat Frau Stechapfel gesagt, dass er mit Frau Fechner nicht klarkommt. Und sie nicht mit ihm. Und dass Conny bereit wäre, sie zu übernehmen. Nichts weiter. Auch Conny gegenüber hat Robert den wahren Grund nicht genannt. Als er am Nachmittag bei Frau Abel klingelt, ist sie gleich an der Tür. Sie zieht ihn ins Haus, durch den kleinen Flur ins Wohnzimmer, auf dem Tisch steht der Kaffee bereit, sie hat viel zu erzählen. Von den beiden anderen Frauen in ihrem Krankenzimmer zum Beispiel und dass die immer noch glauben, Robert sei ihr Enkel.

Na und? Könnte doch sein, oder?

Sie lacht, ihre kleinen, blauen Augen glänzen vor Vergnügen, und Robert macht ihr eine Freude und sagt, dass er nichts dagegen hätte, ihr Enkel zu sein.

Am Donnerstag hat Robert Geburtstag. Die Mutter hat ihm einen Kuchen gebacken, und neben dem Kuchen liegt ein dunkelblaues T-Shirt.

Von Vater und mir. Freust du dich?

Robert nickt, nimmt das T-Shirt, faltet es auseinander, hält es eine Weile unschlüssig in der Hand, legt es wieder zusammen.
Den Kuchen kannst du mit in die Altenhilfe nehmen, sagt die Mutter. Dann haben die Kollegen auch etwas davon.
Ja, sagt Robert. Das ist eine gute Idee.
Robert ist nicht nach Feiern zumute, aber Marita hat für den Abend etwas im Parkcafé vorbereitet. Ins Café Sandmann gehen sie nicht mehr. Andy, Tom, Martin, Sebo. Sogar Max ist dabei. Das Päckchen vor ihm auf dem Tisch: blaues Seidenpapier, grüne Schleife. Das Geschenk ist von allen gemeinsam, aber die Verpackung, das sieht Robert sofort, ist Maritas Werk. Er zieht die grüne Schleife auf, faltet das blaue Seidenpapier auseinander, findet ein schwarzes Etui, darin eine modische Sonnenbrille von Fossil. Verspiegelt. Robert setzt die Brille auf, blickt in die Runde.
Du siehst aus wie ein Mafia-Boss, sagt Andy.
Wie Will Smith, sagt Tom.
Nein, überhaupt nicht, sagt Marita. Du siehst aus wie Toby Maguire.
Max und Sebo wollen sich nicht auf einen Vergleich festlegen.
Scharfe Brille, sagt Max.
Steht dir echt krass, sagt Sebo.
Schade, dass Fari nicht mitfeiern kann, weil sie immer noch Nachtdienst hat. Aber sie wird bestimmt anrufen.
Ruft auch tatsächlich an. Genau in dem Moment, als Robert den anderen erklärt, dass Fari Nachtdienst hat

und deswegen leider nicht mitfeiern kann, klingelt Roberts Handy.
Hallo?
Es ist tatsächlich Fari. Alle lachen: Wenn man vom Teufel spricht …
Na, bei euch ist ja gute Stimmung, sagt Fari. Herzlichen Glückwunsch! Mein Geschenk gebe ich dir, wenn du am Sonntag kommst. Du kommst doch?
Klar komm ich, sagt Robert.
Also bis dann.
Er ist nicht mehr nüchtern. Er hat Sekt getrunken und Bier und wieder Sekt. Wie durch einen Schleier sieht er die anderen, hört ihre Worte, hört ihr Lachen. Und auf einmal merkt er, dass es gar nicht der Alkohol ist, der seinen Blick trübt, oder nicht nur. Ihm laufen Tränen über die Wangen, er lacht und ihm laufen Tränen über das Gesicht.
Was ist?, fragt Marita, die neben ihm sitzt.
Ich weiß nicht, sagt Robert. Manchmal denke ich, dass ich das alles nicht schaffe …
Dass du was nicht schaffst?
Na, alles, sagt er. Das ganze Leben.

46

ALS ROBERT SPÄT AM ABEND heimkommt, ist Werner längst wieder gegangen und die Eltern schlafen schon. Aber der Geruch von Werners Zigarre ist noch im ganzen Haus. Auf dem Bett ein Brief: vom Nachlassgericht. Robert öffnet ihn, liest. Er solle sich beim Nachlassamt der Stadt melden, steht da. In einer Erbangelegenheit.
Erbangelegenheit. Robert spricht das Wort ein paar Mal vor sich hin, wie um zu überprüfen, ob ein verborgener Nebensinn darin enthalten ist. Er ist zu müde, vielleicht auch zu betrunken, um zu begreifen, worum es in diesem Schreiben geht. Erst am nächsten Morgen, als er aufwacht und den Brief vor seinem Bett liegen sieht, liest er ihn noch einmal, versteht seinen Wortlaut, begreift aber immer noch nicht, was das zu bedeuten hat: eine Erbangelegenheit. Er hat frei, weil er am Samstag für Herrn Wesendonk einspringen muss. Also wird er gleich heute Morgen zum Nachlassamt gehen, um herauszufinden, was die da von ihm wollen.
Das Nachlassamt besteht aus einem mit Aktenordnern vollgestopften Zimmer, einem abgewetzten Schreibtisch, hinter dem ein jugendlich aussehender Mann mit Hornbrille sitzt, und zwei merkwürdig deplatziert wirkenden, ledergepolsterten Stühlen mit hohen Lehnen.
Nehmen Sie Platz, Herr Markmann, sagt der Mann mit der Hornbrille.

Robert setzt sich auf einen der überdimensionierten Stühle und beobachtet den Beamten, der an seinem Schreibtisch hantiert wie ein Priester am Altar. Eine Akte wird aufgeschlagen, ein Räuspern, die Fingerspitzen berühren flüchtig die Kante des Schreibtisches, als ginge es darum, sich von seiner korrekten Stellung im Raum zu überzeugen, dann hört Robert die Stimme, die einen feierlichen Ton anschlägt: Herr Robert Markmann, wohnhaft allhier, Bredowstraße 62,… als Alleinerbe eingesetzt…

Das Geldvermögen, sagt der Nachlassbeamte, sei nicht erheblich, ein Girokonto, Kontostand 43 268 Euro, und ein Postsparbuch mit 12 000 Euro, aber die Eigentumswohnung mit allem, was darin ist, Möbel, Bilder, Bücher … Na ja, die Bücher bringen nicht viel, falls Sie das Ganze verkaufen wollen, aber die Möbel und die Bilder…

Ja, aber… Wieso?

Robert sitzt da, die Hände um die Löwenpfotenenden der Armlehnen gelegt, den Mund halb offen. Er weiß nicht, was er sagen soll.

Wieso er? Gibt es denn keine Verwandten?

Keine Verwandten, jedenfalls keine erbberechtigten, sagt der Beamte.

Eine kurze schriftliche Erklärung, dass er das Erbe annehme, das sei alles, was von ihm verlangt werde. Falls er das Erbe antreten wolle.

Erst als Robert schon wieder draußen ist, wird ihm allmählich klar, was da soeben mit ihm passiert ist. Er hat ab heute eine eigene Wohnung. Nein, das ist nicht ganz richtig; es ist ihre Wohnung, die jetzt ihm gehört. Es sind ihre Möbel, ihre Bilder, ihre Bücher, die sich darin befinden. Ist es überhaupt richtig, wenn er das alles einfach in Besitz nimmt? Vielleicht hätte er das Erbe ausschlagen sollen. Und dann? Was würde dann passieren? Wahrscheinlich würden sie dann alles versteigern, die Wohnung, die Bilder, die Bücher, und der Erlös ginge an die Stadt oder an eine gemeinnützige Einrichtung. Womöglich an die Altenhilfe. Sie hat es anders gewollt. Sie hat die Wohnung mit allem darin ihm vererbt. Warum?

Er sitzt auf den Steinstufen vor dem Gebäude des Amtsgerichts, Ellenbogen auf den Knien, den Kopf in die Hände gestützt. Vor ihm auf dem Trottoir gehen die Menschen vorüber, ein Taxifahrer schimpft, weil ein Kleinlaster seinen Halteplatz blockiert, der Gemüsehändler auf der anderen Seite der Straße tritt aus seinem Laden, wischt sich die Hände an der Schürze ab und schaut herüber. Es ist noch zu früh, um Fari anzurufen. Sie schläft sicher noch, weil sie diese Woche Nachtdienst hat. Soll er Marita anrufen? Tom? Andy? Um was zu sagen? Ich habe eine Wohnung geerbt mit allem, was darin ist, was soll ich jetzt machen?

Die Einzige, die ihm in dieser Lage helfen könnte, ist tot. Plötzlich ist da wieder die schwarze Klappe, er sieht den Sarg mit dem Blumenstrauß und dem Manuskript darauf, sieht ihn auf den Schienen in die dunkle Kammer rollen, die Klappe schließt sich, langsam, lautlos, eine perfekte Mechanik. *Das Schöne ist nichts als des Schrecklichen Anfang* – wie soll man das ertragen, wenn man jung und unerfahren ist? *Und dennoch sagt der viel,*

der Abend sagt – in dieser einen Zeile, hat Frau Sternheim gesagt, liege das ganze Glück des Menschenlebens, die ganze Trauer und das ganze Glück.
Der Traum von der Leichtigkeit, ist er schon ausgeträumt? Jetzt, da er eine Wohnung hat und Geld, kann er weggehen, kann sein eigenes Leben leben. Aber er spürt, dass es kein leichter Abschied wird. Die Mutter, der Vater, gefangen sind sie, gefangen in benachbarten Zellen, Tag für Tag tauschen sie unverständliche Klopfzeichen aus, warten, das Ohr an der Wand, vergebens auf Antwort. Wie merkwürdig das ist, diese Unbelehrbarkeit, diese Hartnäckigkeit. Oder gelten die Zeichen am Ende ihm, Robert? Ist er gemeint? Erwarten sie Antwort von ihm? *Manche freilich* … Robert spürt die Lähmung, die von ihm Besitz ergreifen will. Die ganze Trauer und das ganze Glück. Wo ist das Glück im Leben der Mutter, des Vaters? Erwarten sie es etwa von ihm?
Jetzt, da der Vater die Platzwartstelle beim TSV hat, wird vielleicht alles besser. Er wird dem Vater ein paar Tausend Euro auf sein Konto überweisen und der Mutter etwas von dem geerbten Geld geben für ihre Urlaubskasse, damit sie nach Italien fahren können, Vater und Mutter, wie früher, als Robert noch ein Kind war. Aber mitfahren wird er, werden sie nicht, Fari und er, auch wenn es nun wohl nichts wird mit dem Urlaub zu viert in Kroatien.
Wenn er es sich recht überlegt, will Robert überhaupt nicht in Urlaub fahren. Er braucht Zeit, Zeit für sich allein, er muss nachdenken, sich Klarheit verschaffen, über sich selbst und über sein Leben.

47

DU BIST SO SELTSAM in letzter Zeit, sagt Fari, als sie am Freitagabend anruft.

Seltsam? Ich?

Ja, du. Du bist so verschlossen, ich weiß gar nicht, woran ich mit dir bin.

Ich weiß selbst nicht, woran ich mit mir bin.

Das ist das Pingpong-Spiel, das er mit seinem Vater und seiner Mutter spielt. Robert weiß es, will etwas anderes sagen, will die Automatik des Hin und Her aufhalten, aber da ist es schon zu spät.

Du hörst gar nicht zu, wenn ich etwas sage, sagt Fari. Du bist mit deinen Gedanken ganz woanders. Du interessierst dich gar nicht wirklich für mich. Was willst du eigentlich von mir?

Der erste Streit. Robert erschrickt, erschrickt so sehr, dass er unwillkürlich den Kopf einzieht und nach einer Fluchtmöglichkeit sucht.

Ich brauche Zeit, sagt er. Ich muss nachdenken. Mir wird das alles zu viel, die Situation bei mir zu Haus, die Arbeit in der Altenhilfe, die Sache mit Andy, alles.

Er hat Fari nicht erzählt, dass er auf dem Nachlassamt war, dass er eine Wohnung geerbt hat und eine Menge Geld. Er hat ihr auch keines der Gedichte vorgelesen, die ihm dauernd im Kopf herumgehen. Er weiß nicht, warum er sie nicht einweiht in die Geheimnisse, die ihn mit Frau Sternheim verbinden.

Dass er ihr überhaupt von Frau Sternheim erzählt hat, kommt ihm im Nachhinein fast wie ein Vertrauensbruch vor.
Was heißt das, du brauchst Zeit, fragt Fari. Geh ich dir auf die Nerven, dann sag es.
Nein, sagt Robert. Überhaupt nicht. Es liegt nicht an dir, es liegt an mir. Ich muss mir Klarheit verschaffen, wohin es gehen soll in meinem Leben.
Gut, sagt Fari. Wenn du es herausgefunden hast, kannst du dich ja wieder melden.
Das ist das erste von mehreren Telefongesprächen, die sie an diesem Abend führen. Am Ende sind sie so erschöpft, dass sie gar nichts mehr zu sagen wissen.
Wir sehen uns also am Sonntag. Du kommst doch?
Ja, natürlich.
Bis Sonntag dann.
Bis Sonntag. Gute Nacht.
Manchmal hilft es, miteinander zu reden, manchmal nicht. Robert liegt lange wach, weil der Aufruhr in ihm ihn nicht schlafen lässt. Was ist mit mir los? Er weiß es nicht. Er weiß nur, dass er an einer Weggabelung steht und sich entscheiden muss, ohne zu wissen, wie, nach welchen Kriterien. Jetzt, da er die Möglichkeit hat, sich sein Leben nach eigenen Vorstellungen einzurichten, spürt er die Last der Freiheit. Wie soll sein Leben aussehen? Was ist sein Lebensplan? Kann man sein Leben überhaupt planen? Bisher hat er gedacht, es seien die Zwänge, die Forderungen des Vaters, die Erwartungen der Mutter, die ihn daran hinderten, sein Leben zu leben. Aber was ist sein Leben? Wie soll man überhaupt

wissen, was man will, wenn man nicht weiß, was die eigene Bestimmung ist?
Bestimmung? Wie kommt dieses altmodische Wort in seinen Kopf? Sie sind ein Wahrheitssucher, hat Frau Sternheim gesagt. Sie sollten Gedichte lesen. Je länger er grübelt, umso mehr setzt sich in ihm der Gedanke fest, dass die Antwort auf seine Fragen in den Büchern zu finden sein müsse, die in Frau Sternheims Wohnung stehen. Man kann sein Leben nicht erfinden, man kann nicht aus dem Nichts heraus ein Leben zusammenbasteln und sagen: Das ist es, das ist mein Ding. Maschinenbau. Er hat sich an dieses Wort geklammert. Mein Berufswunsch: Ich möchte Maschinenbau studieren. Aber Frau Sternheims einfache Frage, ob das sein Herzenswunsch sei, hat auch diese scheinbare Gewissheit zertrümmert.
Und wie machen es die anderen? Max fand schon immer alles gut und richtig, was er gerade machte, er hat nie Probleme, und wenn er welche hat, dann merkt man sie ihm jedenfalls nicht an. Tom wird BWL studieren, wenn er den Zivildienst hinter sich hat, und irgendwann in das Geschäft seines Vaters einsteigen. Ob ihn das wirklich interessiert? Das wirkliche Leben, sagt Tom, hat sowieso nichts mit dem zu tun, was du beruflich machst. Marita will einen sozialen Beruf ergreifen, sagt sie: Kindergärtnerin oder vielleicht Krankenschwester wie Fari. Vielleicht wird sie auch Lehrerin wie ihre Mutter. Und Andy? Als Einziger aus der Clique hat er von Anfang an gesagt, dass er nicht studieren wolle. Arbeitslos werden kann ich auch so. Andy, der, solange

Robert ihn kennt, in der Clique den Ton angibt, den Robert bewundert, auch ein wenig fürchtet, weil von seinem Urteil abhängt, ob man von den anderen akzeptiert wird oder nicht, bei ihm ist gar nichts sicher. Er eckt überall an, in seiner Firma, bei den Eltern, bei der Polizei.

Robert hat Andy nicht angerufen, hat ihm nicht gesagt, was er ihm sagen wollte, weil er nicht weiß, wie er es ihm sagen soll, in Wahrheit wohl eher, weil er nur allzu gut weiß, was in der Clique geht und was nicht, dass man einen wie Andy nicht tröstet, ihm nicht Mut zuspricht, ihm schon lange nicht sagt, dass man ihn bewundert, weil er dem Kellner, dem Schwein, gezeigt hat, dass er sich nicht alles erlauben kann. Aber Andy hat geweint, als er bei der Polizei aus dem Zimmer kam und seinen Bruder Gregor im Arm hielt, hat er geweint. Der große, starke Andy, den nichts erschüttern kann, der immer weiß, was zu tun ist…

Marita sagt, der Andy sei ein Kindskopf. Aber das sagt sie nur, weil auch sie nicht schlau wird aus ihm, weil sie darunter leidet, dass er überall aneckt, weil sie Angst hat um ihn. Ein Kindskopf ist er nicht, er tut sich nur schwer, mit sich und mit dem Leben. Wie Robert.

Und Kinder wachsen auf mit tiefen Augen … Wenn man lange genug mit weit geöffneten Augen ins Dunkel schaut, ist es, als gäbe es die Welt gar nicht. Vielleicht ist das, was wir die Welt oder das Leben nennen, nur eine endlose Reihe von Bildern im Kopf eines bösen Dämons, der sich aus Langeweile all das ausdenkt, der die Dinge und die Lebewesen mal hierhin, mal dahin

stellt, und wenn er keine Lust mehr hat, schmeißt er alles um, und wir müssen dann sehen, wie wir mit dem Durcheinander zurechtkommen.
Robert liegt auf dem Rücken auf seinem Bett und starrt in die Schwärze der Nacht. Ein Schachbrett, riesig, von Horizont zu Horizont erstreckt es sich, gleißend in der tief stehenden Sonne. Darauf verstreut die Freunde, Max, Tom, Sebo, Marita und Andy, dazu Herr Wesendonk und Frau Stechapfel und Frau Abel, der Kellner aus dem Café Sandmann und der Polizist, der Robert zu dem Unfall mit der Zeitungsausträgerin befragte, sie alle bewegen sich auf vorgeschriebenen Bahnen, mit geschlossenen Augen machen sie tastende Schritte in unterschiedliche Richtungen. Ihre langen Schatten bewegen sich immer mit. Fari steht am Rande, sie trägt eine Krone auf dem Kopf, neben ihr Roberts Vater und Mutter, gespannt verfolgen sie das Treiben. Ein wenig abseits von der Gruppe Frau Sternheim. Aber sie schaut nicht zu den anderen, hinter der Brille sind ihre riesigen Augen direkt auf Robert gerichtet.

48

ALS ROBERT AM SAMSTAG früh kurz vor neun das Büro der Altenhilfe betritt, hat Frau Stechapfel schon auf ihn gewartet.
Heute ist alles ganz anders, sagt sie. Mit Frau Welach habe ich schon telefoniert. Die muss heute mal allein zurechtkommen. Dafür übernimmst du die beiden Rommerskirchens.
Auch das noch! Robert verdreht die Augen. Die Geschwister Rommerskirchen, das wissen alle, die bei der Altenhilfe arbeiten, sind für jeden Betreuer eine Zumutung. Sie wohnen im selben Haus, aber in getrennten Wohnungen, Berta Rommerskirchen, 81, im dritten Stock, ihr Bruder Walter, 74, darunter. Und sie sind verfeindet, bis aufs Blut verfeindet, allem Anschein nach von Kindheit an.
Wenn du zu ihm gehst, sag bloß nicht, dass du gerade von seiner Schwester kommst, sagt Frau Stechapfel. Sonst ist gleich wieder die Hölle los.
Kunze, Kossick, Rommerskirchen B., Rommerskirchen W., so steht es an der Tafel unter Roberts Namen. Frau Kunze und Frau Kossick kennt Robert schon. Sie erwarten im Grunde nur, dass er für sie einkauft, wechseln ein paar Worte mit ihm und sind froh, wenn er nach einer halben Stunde wieder geht und sie in Ruhe die Vormittagssendungen im Fernsehen verfolgen können.

Wenn du einen Führerschein hättest, könntest du das Auto von Herrn Wesendonk nehmen, sagt Frau Stechapfel. Dann wärst du eher fertig.
Ist schon okay, sagt Robert. Mit dem Fahrrad geht es auch.
Als er kurz nach elf Uhr bei Berta Rommerskirchen klingelt, nimmt Robert sich fest vor, sich um keinen Preis aufzuregen. Die Tür öffnet sich einen Spaltbreit, so weit es die Kette zulässt.
Was wollen Sie?
Ich komme von der Altenhilfe, sagt Robert.
Und warum kommt der Herr Wesendonk nicht selbst?
Herr Wesendonk ist auf einer Fortbildung, sagt Robert.
Fortbildung? Was soll denn der noch lernen in seinem Alter? Das ist doch nur wieder eine Ausrede.
Nach kurzem Zögern hakt sie die Kette aus und lässt Robert eintreten.
Fortbildung! Frau Rommerskirchen kann sich immer noch nicht darüber beruhigen. Und jetzt schicken sie mir einen grünen Bengel als Ersatz. Schöne Altenhilfe ist das!
Robert bleibt ganz ruhig, lässt sich nicht provozieren.
Was kann ich für Sie tun, Frau Rommerskirchen?
Sie? Sie können gar nichts für mich tun. Setzen Sie sich hin, ich habe Ihnen was zu sagen.
Und nun geht es los, wie eine Sturmflut bricht eine endlose Suada über Robert herein. Erstens: die Jugend, die keinen Respekt mehr vor den Älteren habe, sich nur noch amüsieren und nichts mehr lernen wolle, zweitens: der Staat, der die alten Menschen als lästige Kost-

gänger betrachte, ihre Pensionen kürze und ihnen eine ausreichende medizinische Betreuung verweigere, damit sie früher sterben und ihm nicht länger auf der Tasche liegen, drittens und vor allem: die Schandtaten des Bruders. Robert hört sich alles schweigend an, macht ab und zu einen beschwichtigenden Einwurf, den Frau Rommerskirchen jedes Mal mit einer ungeduldigen Handbewegung wegwischt.

Ob man in der Altenhilfe überhaupt wisse, was da unten für Weibsbilder verkehrten?

Wenn Sie nachher runtergehen zu ihm, sagt sie, dann schauen Sie sich mal die Videokassetten an, die links neben dem Fernseher stehen. Lauter Pornos. Von der schlimmsten Sorte!

Robert atmet auf, als er schließlich die Tür hinter sich ins Schloss fallen hört. Auf dem Treppenabsatz wartet er einen Augenblick, bevor er in den zweiten Stock hinuntersteigt. Er muss sich sammeln, durchatmen, er ist wie betäubt von den Hasstiraden. Nach einer Weile geht er möglichst leise die letzten Stufen bis zum zweiten Stock hinunter. Herr Rommerskirchen soll glauben, er sei von unten gekommen. Aber als er gerade klingeln will, wird die Tür mit einem Ruck aufgerissen.

Na, hat die alte Vettel sich wieder das Maul zerrissen über mich?

Herr Rommerskirchen steht in der Tür, hat offenbar beobachtet, wie Robert von oben herunterkam.

Guten Tag, sagt Robert mit versagender Stimme. Ich vertrete heute Herrn Wesendonk.

Was ist denn mit dem Herrn Wesendonk, ist er krank?
Er ist auf einer Fortbildung.
Sieh mal an, sagt Herr Rommerskirchen. Da könnt ihr jungen Leute euch eine Scheibe abschneiden. Lebenslanges Lernen. Ich bilde mich auch immer noch weiter, jeden Tag, und ich bin vierundsiebzig! In der Volkshochschule habe ich jetzt einen Russischkurs belegt. Kyrillische Buchstaben. Wissen Sie, was das heißt?
Er nimmt einen Zettel, schreibt ein Wort in kyrillischen Buchstaben darauf.
Na? Lesen Sie mal!
Ich hatte in der Schule nur Englisch und Französisch, sagt Robert.
Rossija, sagt Herr Rommerskirchen. Das heißt Russland.
Er schnaubt verächtlich.
Englisch und Französisch! Und wie ist es mit Latein? Und Griechisch? Fehlanzeige, wie? Ich will Ihnen mal was sagen, junger Mann: Ich spreche fünf Sprachen, fließend, dazu solide Kenntnisse in Latein und Altgriechisch. Und jetzt lerne ich noch Russisch. In meinem Alter.
Das ist ja wunderbar, sagt Robert.
Das Lob hat Herrn Rommerskirchen offenbar aus dem Konzept gebracht. Eine Weile sagt er nichts, sein Oberkörper ruckt vor und zurück, als wolle er sich bewegen, sei aber mit den Füßen am Boden festgewachsen. In seinem Gesicht zuckt es nervös. Dann auf einmal macht er eine verschwörerische Miene und winkt Robert näher zu sich heran.

Haben Sie es bemerkt? Sein knochiger Zeigefinger zeigt zur Zimmerdecke hinauf. Meine Schwester ist plemplem. Komplett verrückt. Die gehört in eine geschlossene Anstalt. Das merkt doch jeder, der mit ihr zwei Sätze wechselt. Aber dem Staat ist das zu teuer. Darum lassen sie sie weiter da oben. Ich bin schon zigmal bei den Behörden vorstellig geworden, ich habe Briefe geschrieben, Beweise beigebracht. Die unternehmen aber nichts. Vielleicht, wenn Sie von der Altenhilfe mal Druck machten …

Es ist schon nach zwei, als Robert schließlich erschöpft und erleichtert auf sein Fahrrad steigt. Er hat in Herrn Rommerskirchens Küche, so gut es ging, Ordnung gemacht, hat das Geschirr abgewaschen, während Herr Rommerskirchen, hinter ihm stehend, die Untätigkeit der Behörden beklagte, die eine gefährliche Irre frei herumlaufen ließen, statt sie wegzusperren, wie es notwendig wäre. Dann hat Robert im nahen Supermarkt Brot, Milch und Käse und eine Packung Wattestäbchen zur Entfernung von Ohrenschmalz für Herrn Rommerskirchen eingekauft und ist, als Herr Rommerskirchen gerade ansetzte, den zahlreichen Belegen für die Gemeingefährlichkeit seiner Schwester einen weiteren hinzuzufügen, einfach gegangen.
Jetzt fährt er auf dem Fahrrad die Hans-Sachs-Allee entlang, aber nicht, wie man erwarten sollte, Richtung Bunsenpark und von da nach Haus, sondern in die andere Richtung, biegt rechts ab in die Wesselinger Straße und hält kurz danach vor dem Gründerzeithaus, in

dem bis vor Kurzem Frau Sternheim gewohnt hat. Als er die Treppe hinauf in den ersten Stock geht, denkt er für einen flüchtigen Augenblick, dass alles vielleicht nur ein böser Traum war, dass er nur zu klingeln braucht und sie öffnet ihm, und der Tee ist schon bereitet, und alles ist, wie es vorher war.

In der Wohnung ist es dämmrig, die Luft riecht muffig. Robert zieht die Gardinen auf, öffnet ein Fenster. Dann steht er lange vor dem Kamin und betrachtet die Fotos, die darüber an der Wand hängen. Wie alt mag sie gewesen sein, als das Foto gemacht wurde? Zwölf, dreizehn vielleicht. Ich war das schwarze Schaf in der Familie... Aber sie hat überlebt, als Einzige. Und wie alt war sie, als sie starb? Über achtzig bestimmt. In der Todesanzeige, die die Kollegen der Stadtbibliothek aufgegeben hatten, stand, es sei ein erfülltes Leben gewesen. Die ganze Trauer und das ganze Glück...

Plötzlich klingelt es an der Wohnungstür. Robert erschrickt. Als er öffnet, ist es der Hausmeister.

Ach, Sie sind es, sagt er. Ich habe Schritte gehört, da dachte ich, ich seh mal lieber nach. Aber wenn Sie es sind...

Er wendet sich um, will schon wieder gehen, kommt dann aber doch noch einmal zurück: Ich habe schon davon gehört. Gratuliere. Werden Sie jetzt hier einziehen?

Ich weiß noch nicht, sagt Robert. Ich wollte mich nur mal umsehen.

Kurz nach vier kommt Robert nach Haus. Es ist niemand da. Der Vater ist auf dem TSV-Platz, wo ein

Jugendturnier stattfindet. Eine halbe Stunde später kommt die Mutter. Sie hat das Sommerkleid an, das Robert neulich zum Reinigen gebracht hat, ihre Lippen sind rot geschminkt.

Du bist schon da?

Ja, sagt Robert. Heute konnte ich eher Schluss machen.

Die Mutter wirkt nervös, fast ein bisschen verlegen. Sie verschwindet im Badezimmer, und als sie kurz darauf wieder herauskommt, sind ihre Lippen ungeschminkt und statt des Sommerkleids trägt sie wie meistens einen grauen Rock und eine weiße Bluse.

Am Abend, als der Vater vor dem Fernseher sitzt, kommt sie in Roberts Zimmer. Robert liegt auf dem Bett und liest. Sie setzt sich auf die Bettkante, streicht ihm mit der Hand durchs Haar.

Geht's dir gut?

Ja, sagt Robert. Warum sollte es mir nicht gut gehen?

Na, dann …

Schweigen. Eigentlich ist das Gespräch zu Ende, aber dann, nach einer ganzen Weile, fragt die Mutter doch noch etwas.

Was war das für ein Brief neulich vom Amtsgericht?, fragt sie.

Vom Amtsgericht?

Ja, ich hab ihn dir ins Zimmer gelegt.

Ach, nichts Besonderes, sagt Robert. Es ging um die alte Frau, die gestorben ist. Das hab ich dir doch erzählt. Der Hausmeister und ich haben sie gefunden. Sie brauchten da von mir noch eine Unterschrift.

49

ES WIRD REGEN GEBEN, sagt der Vater. Man hört die Glocken von St. Georg.
Sie sitzen auf der Veranda beim Sonntagsfrühstück. In der Ferne tatsächlich Glockenläuten. Robert hat schlecht geschlafen. Zwei- oder dreimal ist er in der Nacht aufgewacht, schweißnass von einem Traum, an den er sich hinterher nicht erinnern kann. Er sitzt stumm vor seinem Kaffee, ein angebissenes Brot auf dem Teller. Auf dem Rasen ganz nah eine Amsel, schwarz mit orangenem Schnabel, hüpft mal in die eine, mal in die andere Richtung, dreht den Kopf, äugt herüber, hüpft, hin, her. Sinnlos, planlos. Fünf, sechs Hüpfer in die eine Richtung, fünf, sechs in die andere.
Hast du keinen Hunger?
Das ist die Mutter, sie sitzt an der Stirnseite des Tisches, ihre Stimme in der Stille: wie das Tuten eines Dampfers im Nebel.
Robert beißt von seinem Brot ab, kaut, nimmt einen Schluck aus dem Kaffeebecher. Die Luft ist wie Glas, kein Wind, keine Bewegung, nur eine leichte Trübung oder Brechung vielleicht. Sogar die Amsel jetzt wie erstarrt, den Kopf ein wenig schräg, das Gefieder matt glänzend. Und mitten hinein in diese lähmende Stille jetzt die Stimme des Vaters.
Heute geh ich nicht auf den Platz, sagt er. Das Spiel der Ersten ist abgesagt worden.

Diese zähe, sich wie ein klebriger Film über alles legende Stille. Totenstille, denkt Robert. Und wenn die Gräber sich öffnen und der Tanz beginnt? Wenn die Gräber sich öffnen … Welcher Tanz? … Was geht ihm da im Kopf herum? … Alles nur Phantasterei. Weit und breit nichts zu sehen, was den Frieden stören könnte.
Das passt gut, sagt die Mutter. Du weißt ja, heute Abend gehen wir mit Fred ins Konzert.
Was für ein Konzert?
Die Frage ist Robert wider Willen herausgerutscht, so überrascht ist er. Solange er zurückdenken kann, sind die Eltern nie in ein Konzert gegangen.
Ronny Weigand, sagt die Mutter. Fred hat Karten besorgt.
Hm.
Der Name sagt Robert nichts, aber er hat keine Lust nachzufragen, wer dieser Ronny Weigand ist.
Und wo?
Na, in der Stadthalle, sagt die Mutter. Fred holt uns gegen sieben mit dem Wagen ab.

50

ROBERT MUSS ZWEIMAL KLINGELN, bis bei den Sahabis geöffnet wird.
Ah, der Reggae-Fan!
In der Tür steht Faris Bruder Faraj, grinst und winkt Robert mit übertriebener Gestik herein. Im Flur hinter ihm Fari, im Bademantel, blass, sie versucht ein Lächeln.
Bist du krank?, fragt Robert und ergreift ihre Hände.
Die ist nicht krank, sagt Faraj im Vorbeigehen. Die hat ihre Tage, Mann.
Robert spürt, wie er rot wird. Es ist ihm peinlich, vor allem aber ärgert er sich, dass dieser Faraj ihn wie einen kleinen dummen Jungen behandelt.
Komm, wir gehen nach oben, sagt Fari.
Oben in Faris Zimmer legt sie sich gleich wieder ins Bett und gibt ihm ein Zeichen, sich zu ihr auf die Bettkante zu setzen.
Mein Bruder, sagt sie, ist immer so ruppig. Aber im Grunde meint er es nicht bös.
Robert nickt. Fari nimmt ihren Bruder in Schutz, klar. Damals, als er sich bei dem Abendessen so arrogant benahm, hat sie ihn hinterher auch in Schutz genommen. Das ist normal. Würde er auch tun, wenn er einen Bruder hätte.
Ach, das macht mir nichts aus, sagt er.
Robert setzt sich auf das Bett, greift nach ihrer Hand.

Sie fühlt sich kalt an.
Gut, dass du heute keinen Nachtdienst hast, sagt er.
Und du? Haderst du immer noch mit deinem Schicksal?
Ich hadere nicht mit meinem Schicksal. Ich weiß ja nicht einmal, was das ist.
Fari schaut ihn lange prüfend an. Sie wird nicht schlau aus ihm. Je länger sie sich kennen, umso fremder ist er ihr. Wenn sie miteinander sprechen, kommt es ihr so vor, als weiche er ihr aus, schlüpfe mal in diese, mal in jene Verkleidung. Oder sie versteht ihn nicht, vielleicht meint er etwas ganz anderes, vielleicht ist das, was er sagt, gar nicht das, was er eigentlich sagen will … Sie schlägt die Bettdecke zurück, steht mit einem kleinen theatralischen Seufzer auf und ergreift ein Päckchen, das auf der Fensterbank liegt.
Dein Geschenk, sagt sie. Das hätte ich jetzt beinahe vergessen.
Ein dickes Notizheft, schwarz, mit einem schwarzen Gummiband zu verschließen, dazu ein schwerer, metallener Kugelschreiber.
Das Notizbuch, sagt Fari, ist dasselbe, das der Schriftsteller George Orwell im Spanischen Bürgerkrieg für seine Aufzeichnungen benutzt hat. Du kannst darin alles aufschreiben, was dir einfällt. Und wenn du Lust hast, liest du es mir dann vor.
Danke, sagt Robert, beugt sich zu ihr hinunter und küsst sie auf die Stirn.
Für einen kurzen Moment ist er überwältigt von Zärtlichkeit für sie.
Aber dann, ganz plötzlich ein Stich in der Magenge-

gend. In ihm krampft sich alles zusammen, als hätte sie eine offene Wunde berührt. Und wenn du Lust hast, liest du es mir dann vor… Er hätte ihr nichts von den Gedichten erzählen sollen. Jetzt denkt sie womöglich, er sei selbst so etwas wie ein Dichter, schreibe heimlich Gedichte und Geschichten. Alle um ihn herum haben eine genaue Vorstellung davon, wer und was er ist oder was er sein sollte, nur er selbst hat keine Ahnung. Fast körperlich spürt er die an ihn gerichteten Erwartungen: Den Robert wirft so leicht nichts um, der Robert wird Ingenieur, der ist Reggae-Fan, der liest Gedichte, macht sich Gedanken über das Leben, und was ihm dazu einfällt schreibt er in sein Notizbuch.
Was ist mit ihm los? Es gibt keinen Menschen, der ihm lieber ist als Fari. Wenn sie sich ein paar Tage nicht sehen, vergeht er vor Sehnsucht nach ihr. Und dennoch würde er jetzt am liebsten wieder gehen, nach Haus fahren, seine Isomatte holen und die Nacht über in Frau Sternheims Wohnung bleiben. Allein, mit ihren Büchern und seinen Gedanken. Aber natürlich wäre Fari gekränkt, wenn er gleich wieder ginge. Das sähe ja so aus, als sei es ihm nur um das Geschenk gegangen.
Der Kellner, sagt Robert, hat den Andy angezeigt. Er will ein paar Tausend Euro Schmerzensgeld.
Oje, sagt Fari. Dann wird das wohl nichts mit unserer Reise nach Kroatien.
Ich glaube, die können wir vergessen, sagt er.
Robert?
Er schaut auf, sieht ihren fragenden Blick.
Ja?

Diese Frau Sternheim, sagt Fari, die hat dir viel bedeutet, nicht wahr?
Robert zuckt zusammen. Wie kommt sie jetzt darauf? Als könnte sie seine Gedanken lesen. Er will das nicht, dass sie in ihn hineinschaut, seine geheimsten Gedanken liest. Er möchte nicht über Frau Sternheim reden, nicht mir ihr und mit niemand sonst. Er möchte … Was möchte er? Er weiß es nicht. Er weiß nur, dass er Zeit braucht, um es herauszufinden.
Frau Sternheim, sagt er. Frau Sternheim ist tot.

51

EGON MARKMANN HAT SICH nach dem Mittagessen wie jeden Tag auf die Couch im Wohnzimmer gelegt. Irgendwann wacht er auf, stellt den Fernseher an: Damen-Tennis. Eine Weile schaut er zu, wechselt zu einem anderen Kanal, schließlich macht er den Fernseher wieder aus. Er liegt auf der Couch, weiß nicht recht, was er mit sich und dem Nachmittag anfangen soll. Edith hat in der Küche Ordnung gemacht, dann Hemden gebügelt und dabei Radio gehört. Es ist gegen drei, als das Telefon klingelt. Sie geht in den Flur, hebt ab: Du?

Es ist Werner, der nicht weiß, dass Egon heute nicht auf dem Sportplatz zu tun hat. Ob sie Lust hätte, bei ihm vorbeizukommen.

Es geht jetzt nicht, flüstert sie. Er ist da.

Als sie auflegt, steht Egon hinter ihr: Wer war das?

Edith wird kreideweiß, dann rot, stammelt: Eine Freundin …

Wer war das?

Egon packt sie an den Oberarmen, schüttelt sie, brüllt: Was wird hier gespielt? Was treibst du hinter meinem Rücken?

Nichts, sagt sie. Nichts. Es war eine Frau, die ich neulich kennengelernt habe. Wir reden manchmal miteinander. Das ist alles.

Du lügst doch!

Egon holt aus, hält mit der Linken ihren Oberarm und schlägt ihr mit dem Handrücken der Rechten mitten ins Gesicht.
Dann, als erschrecke er über sich selbst, lässt er sie los, steht einen Augenblick da, den Blick nach unten gekehrt, hilflos in seiner Wut und seiner Scham. Sie nutzt die Chance, zu entkommen, stürzt ins Badezimmer, sperrt hinter sich ab.

Edith, mach auf! Es tut mir leid, Edith. Sag doch endlich was! Warum sprichst du nicht mit mir? Pause. Dann in plötzlich aufwallender Wut: Mach auf, du Hure, oder ich schlag die Tür ein!
Egon steht vor der Badezimmertür und schwankt zwischen Wut und Reue und Selbstmitleid. Edith auf der anderen Seite der Tür sagt gar nichts, schluchzt. Nach einer Weile schaut sie in den Spiegel, sieht das Blut an ihrer Nase, wäscht sich das Gesicht unter dem Wasserhahn. Als er an der Klinke rüttelt, stellt sie von innen einen Stuhl mit der Lehne darunter, sodass sich die Klinke nicht mehr bewegen lässt. Das macht ihn erst recht rasend. Er schlägt mit den Fäusten gegen die Tür.
Mach auf oder ich schlag die Tür ein!
Aber sie macht nicht auf. Er bittet und bettelt, schlägt mit den Fäusten gegen die Tür, tritt mit dem Fuß dagegen.
Als das alles nichts hilft, läuft er zum Schuppen, holt die Axt. Mach auf oder ich schlag die Tür ein! Zum letzten Mal: Mach auf oder ich schlag die Tür ein!

Ein Augenblick Stille, er horcht. Drinnen rührt sich nichts. Und dann mit einem Schrei erhebt er die Axt und schlägt wie besessen auf die Tür ein.
Das ist der Moment, da Robert nach Haus kommt. Schon als er vor dem Gartentor vom Fahrrad steigt, hört er das Geschrei, die dröhnenden Schläge, das Splittern von Holz. Er lässt das Fahrrad fallen, rennt ins Haus.
Papa!
Er stürzt hinzu, will dem Vater die Axt entreißen. Der, blind und taub vor Wut, holt aus, Robert spürt einen dumpfen Schlag. Dann ist es dunkel um ihn.

Auf einmal Stille, vollkommene Stille. Edith im Badezimmer wagt es immer noch nicht, sich zu rühren. Nach einer Weile tritt sie vorsichtig an die Tür, wirft einen Blick durch das Loch in der Füllung. Robert auf dem Boden ausgestreckt, der blutüberströmte Kopf im Schoß des Vaters. Sie schließt die Tür auf, steht im Flur.
Mein Junge! Mein Junge!
Der Vater wie versteinert, sitzt auf dem Boden, hält den blutigen Kopf mit beiden Händen.
Was hast du gemacht? Was hast du mit meinem Jungen gemacht?
Edith schreit, wimmert. Dann reißt sie sich zusammen, greift zum Telefon. Die Notrufnummer.
Ein Unfall. Schnell. Bredowstraße 64 bei Markmann. Ja, Lebensgefahr.
Als der Krankenwagen kommt, fährt sie mit in die Klinik. Du bleibst hier, sagt sie, als Egon zusteigen will.

Sie sagt es in einem Ton, der keinen Widerspruch duldet, und Egon zieht den Kopf ein und fügt sich. Lange steht er da und blickt in die Richtung, in die der Krankenwagen verschwunden ist. Dann setzt er sich im Wohnzimmer in einen Sessel und starrt vor sich hin. Zweimal ruft Egon in der Klinik an, aber dort kann man ihm keine Auskunft geben. Außer, dass Robert sich im OP befinde. Er solle später wieder anrufen. Das Blut pocht ihm in den Schläfen, er krallt die Hände in die Armlehnen des Sessels. Jetzt ist es passiert, denkt er immer wieder. Jetzt ist es passiert. Ich habe es kommen sehen, und jetzt ist es passiert. Durch mich ist es passiert. Aber er spürt keine Erleichterung wie in seinem Traum, er fühlt nur, wie er sinkt, unaufhaltsam immer tiefer sinkt in einem dunklen Schacht, aus dem es kein Entrinnen gibt.
Plötzlich steht Fred in der Wohnzimmertür. Die Haustür stand offen, er hat gerufen: Hallo! Egon? Edith? Als er keine Antwort erhielt, ist er ins Haus gegangen. Nun steht er in der Wohnzimmertür, hält die Konzertkarten in der Hand, na, was ist, will er fragen. Seid ihr fertig? Kann es losgehen? Erst jetzt nimmt er den Mann im Sessel genauer wahr, sieht sein Gesicht, sieht die Blutflecken an seinen Händen.
Was ist los? Egon, Mensch! Was ist los? Was ist passiert? Egon!!

Später sitzen Fred und Egon in der Küche am Tisch, vor ihnen zwei Gläser und eine Flasche Korn. Aber Fred ist der Einzige, der trinkt.

Egons Glas steht unberührt vor ihm auf dem Tisch.
Scheiße, sagt Fred. So eine elende Scheiße!
Um halb neun ruft Egon wieder im Krankenhaus an, eine halbe Stunde später noch einmal. Endlich bekommt er den behandelnden Arzt an den Apparat. Die Operation ist positiv verlaufen. Eine komplizierte Jochbeinfraktur. Aber im Prinzip nichts Dramatisches.
Ob da was bleibt am Gesicht des Jungen?
Das lasse sich noch nicht absehen, sagt der Arzt. Eine kleine Narbe vielleicht. Aber für einen Jungen sei das sicher kein Problem …
Möchten Sie Ihre Frau sprechen?, fragt der Arzt. Die steht hier neben mir.
Nein, nein, sagt Egon. Das ist nicht nötig. Sagen Sie ihr nur, dass ich angerufen habe.
Als Edith gegen elf Uhr nach Haus kommt, sitzen Fred und Egon immer noch in der Küche. Die Kornflasche ist bis auf einen kleinen Rest geleert und auch Egon nicht mehr nüchtern.
Fred! Ach, Fred!
Edith hat den weißen Mercedes vor dem Haus gesehen. Erst in diesem Moment ist ihr wieder eingefallen, dass sie ja zu dem Konzert von Ronny Weigand hatten gehen wollen, auf das sie sich so gefreut hatte. Sie lässt sich auf den Stuhl neben Fred fallen, legt den Kopf an seine Brust und beginnt leise zu weinen.

52

WEISS. ALLES UM ROBERT HERUM ist weiß, die Wände, der Tisch, das Bett, die Gardine, selbst das Licht, das zum Fenster hereinkommt, ist weiß, blendend weiß. Die Tür geht auf, die Schwester, weißer Kittel, weiße Haube, kommt im Sturmschritt ins Zimmer.
Guten Morgen, Robert. Na, wie geht's? Noch Schmerzen?
Nein, sagt Robert. Es spannt nur ein bisschen im Gesicht beim Reden und beim Essen.
Das ist die Naht, sagt die Schwester. Das gibt sich mit der Zeit.
Robert ist seit drei Tagen hier in diesem Zimmer. Seine beiden Zimmernachbarn sieht er fast nie, sie sind den ganzen Tag mit ihren Gipsbeinen auf den Fluren des Krankenhauses unterwegs. Die ersten beiden Tage hat er fast nur geschlafen oder, wenn nicht geschlafen, dann gelegen und vor sich hin geträumt. Aber gestern durfte er aufstehen und auf dem Flur hin- und hergehen mit seinem Kopfverband, der das halbe Gesicht verdeckt.
Wenn Sie wollen, können Sie nachher einen Spaziergang im Park machen, sagt die Schwester. Aber erst die Visite abwarten.
Die Visite kommt kurz vor zehn.
Sieht gut aus, sagt der Arzt, als die Schwester Robert den Verband abgenommen hat. Bald werden Sie wieder in Ihrer ganzen Schönheit erstrahlen.

Nach der Visite zieht Robert seine Jacke über den Schlafanzug und macht einen Spaziergang durch den parkartigen Garten hinter dem Krankenhaus. Vor ihm am Stamm einer Buche ein Eichhörnchen, nicht braun wie in seinen Kinderbüchern, sondern dunkel, fast schwarz. Es sitzt da, unbeweglich, aber gespannt, den Herannahenden im Blick. Dann auf einmal klettert es den Stamm hinauf, springt auf einen Ast, von dort auf einen zweiten und ist im Grün verschwunden. Nur am Wippen der Äste kann Robert seinen Fluchtweg verfolgen.
Robert folgt einem breiten Weg, der in einem weiten Bogen den ganzen Park durchmisst. Als er zurückkommt, sieht er schon von Weitem vor dem Hintereingang Fari. Sie raucht eine Zigarette und unterhält sich mit einem jungen Arzt. Ende zwanzig, Anfang dreißig schätzt Robert ihn. Sportlich, braun gebrannt. Der Arzt streicht ihr über das Haar, zeigt lachend seine weißen Zähne. Ein Stich in der Magengegend, nicht heftig, aber ein Stich. Robert bleibt stehen, hinter einem Busch verborgen sieht er, wie Fari sich mit dem jungen Arzt unterhält, wie sie lacht, flirtet. Er ist erstaunt, wie sachlich er es registriert. Fast, als wäre da nichts, nie etwas gewesen. Fari? Wie ein ferner Klang, wie ein verblassendes Bild aus einem früheren Leben. Wahrscheinlich weiß sie gar nicht, dass er hier ist. Woher sollte sie es wissen? Die Abteilung, in der sie arbeitet, ist in einem anderen Trakt des Gebäudes. Vielleicht hat sie versucht, ihn anzurufen. Aber sein Handy ist zu Haus in seinem Rucksack. Vielleicht hat sie es auch gar nicht versucht.

Sie wird ihn nicht erkennen mit dem Kopfverband. Er erkennt sich ja selbst nicht, wenn er in den Spiegel schaut. Er braucht sich gar nicht hinter dem Busch zu verbergen. Als Robert näher kommt, sieht er, wie sie den Zigarettenstummel auf den Boden wirft und mit dem Schuh darauftritt. Sie blickt zu ihm hinüber. Nein, sie erkennt ihn nicht. Er überlegt, ob er den Mut aufbringt, an ihr vorbei ins Haus zu gehen. Aber da hält der junge Arzt ihr schon die Tür auf, seine Hand berührt ihren Rücken, er sagt etwas, was Robert nicht versteht, sie lacht ihn an. Dann sind beide verschwunden.

Am Nachmittag kommt die Mutter. Sie sitzt auf dem einzigen Stuhl vor seinem Bett.
Wie geht es dir, mein Junge?
Gut, sagt Robert.
Sie hat ihm Pfirsiche mitgebracht und das Buch, um das er gebeten hat: Rilke, *Gesammelte Gedichte.*
Soll ich dir einen Pfirsich in kleine Stücke schneiden?, fragt die Mutter. Dann kannst du ihn besser essen.
Nein danke, sagt Robert. Das mache ich nachher selbst.
Sie ergreift seine Hand, drückt sie, drückt sie lange.
Mein Junge, sagt sie, und er spürt, wie sie sich zusammenreißt, um nicht in Tränen auszubrechen. Ich habe solche Angst um dich gehabt. Solche Angst.
Robert erwidert kurz den Druck ihrer Hand. Sie tut ihm leid, wie sie dasitzt in ihrer ganzen Hilflosigkeit. Er überlegt, was er sagen kann, etwas, was sie freut, was

ihren Kummer lindert, was ihr deutlich macht, dass er sie gern hat. Aber ihm fällt nichts ein, oder was ihm einfällt, bringt er nicht über die Lippen.
Nach einer Weile räuspert sich die Mutter.
Draußen auf dem Flur, sagt sie, ist der Papa. Er möchte sich bei dir entschuldigen, aber er weiß nicht, ob du ihn sehen willst.
Der soll sich erst bei dir entschuldigen, sagt Robert.
Das hat er schon, sagt die Mutter. Wir haben uns ausgesprochen. Er ist ja nicht allein schuld, dass es so gekommen ist. Aber jetzt, jetzt ist alles wieder in Ordnung.

Wie ein großer, schwarzer Findling steht der Vater im Zimmer, die Hände ineinandergekrallt, den Blick gesenkt, seine Stimme weich, fast knabenhaft.
Es tut mir leid, mein Junge. Ich wollte das alles nicht. Es ist…
Er stockt, sagt nichts mehr, steht nur da, knetet die Hände. Robert will ihn so nicht sehen, will nicht hören, wie der Vater sich klein macht, sich bei ihm entschuldigt.
Ist schon gut, sagt er. Du kannst ja nichts dafür. Es war ein Unfall.

53

ALS MARITA AM NÄCHSTEN TAG zu Besuch kommt, treffen sie sich in der Cafeteria des Krankenhauses.
Gott, siehst du aus, sagt Marita. Tut es noch weh?
Halb so schlimm, sagt Robert. In einigen Tagen kommt der Verband ab, dann kriege ich ein großes Pflaster auf die Backe. Dann sehe ich schon fast wieder normal aus.
Marita streicht ihm ganz vorsichtig über seinen bandagierten Kopf.
Andy ist weg, sagt sie dann.
Wie, weg?
Robert spürt an der Art, wie sie es sagt, dass es sich diesmal nicht um eine von Andys üblichen Eskapaden handelt.
Er hat in Hamburg auf einem Trampliner angeheuert, sagt Marita. Gestern habe ich eine Karte aus Southampton bekommen. Er will nach Südamerika. Chile oder Peru, was weiß ich. Hier, schreibt er, kann man nur leben, wenn man sich zum seelischen Krüppel machen lässt.

Es geht etwas zu Ende. Wieder hat Robert das Gefühl, dass etwas definitiv zu Ende geht. Und dann? Was kommt dann? Dann kommt das Leben, das richtige Leben, das, wofür man selbst verantwortlich ist, auch wenn man selbst vielleicht gar keinen großen Anteil

daran hat, dass es so ist, wie es ist, weil man nur getrieben und herumgeschubst wird.
Südamerika.
Robert betrachtet Marita, wie sie ihm gegenüber auf dem Stuhl sitzt, die Hände auf den Oberschenkeln, den Mund leicht geöffnet, sehr aufrecht, sehr gefasst. Sie ist offenbar bereit, das Urteil, wie auch immer es ausfällt, anzunehmen.
Andy ist weg. Endgültig weg. Und Robert? Er hat ihm nicht gesagt, was er ihm sagen wollte: dass es richtig war, was er getan hat, richtig und mutig, und dass er ihn dafür bewundert.

Und du, fragt Marita. Was wirst du machen?
Ich ziehe weg von zu Haus, sagt Robert.
Wohin?
In meine Wohnung.
Du hast eine Wohnung?
Ja, sagt Robert. Eine der Frauen, die ich betreut habe, hat mir, als sie starb, ihre Wohnung vererbt.
Marita sagt nichts. Sie kratzt mit dem Löffel den Zucker vom Boden der Kaffeetasse und leckt ihn ab.
Und später?, fragt sie.
Was später?
Wenn du den Zivildienst hinter dir hast?
Robert zuckt die Achseln.
Ich denk, du willst Maschinenbau studieren, sagt Marita.
Keine Ahnung, sagt Robert. Vielleicht mache ich auch was ganz anderes.